NICOLE ZATZ

Amanhã

O DIA QUE NÃO CHEGA NUNCA

EDITORA
Labrador

Copyright © 2019 de Nicole Zatz
Todos os direitos desta edição reservados à Editora Labrador.

Coordenação editorial
Erika Nakahata

Projeto gráfico, diagramação e capa
Felipe Rosa

Revisão
Daniela Georgeto
Marina Saraiva

Dados Internacionais de Catalogação na Publicação (CIP)
Angélica Ilacqua – CRB-8/7057

Zatz, Nicole
  Amanhã : o dia que não chega nunca / Nicole Zatz. – São Paulo : Labrador, 2019.
  112 p.

ISBN: 978-65-5044-026-8

1. Ficção brasileira I. Título

19-2490 CDD B869.3

Índice para catálogo sistemático:
1. Ficção brasileira

EDITORA Labrador

Editora Labrador
Diretor editorial: Daniel Pinsky
Rua Dr. José Elias, 520 – Alto da Lapa
05083-030 – São Paulo – SP
+55 (11) 3641-7446
contato@editoralabrador.com.br
www.editoralabrador.com.br
facebook.com/editoralabrador
instagram.com/editoralabrador

A reprodução de qualquer parte desta obra é ilegal e configura uma apropriação indevida dos direitos intelectuais e patrimoniais da autora.

A Editora não é responsável pelo conteúdo deste livro.
A Autora conhece os fatos narrados, pelos quais é responsável, assim como se responsabiliza pelos juízos emitidos. Esta é uma obra de ficção. Qualquer semelhança com nomes, pessoas, fatos ou situações da vida real será mera coincidência.

Dedico esta história aos que acreditam em algo além da linearidade, a todos que procuram novas narrativas com mais protagonistas femininas e também aos que buscam uma nova conexão com o tempo. Aos meus pais e à minha irmã (e primeira leitora beta de projetos), meus maiores incentivadores. E a todos os amigos e colegas que de alguma forma me conectaram com a dinâmica do tempo natural e com o universo literário.

SUMÁRIO

PRÓLOGO, 9

O SOL DO SUL, 11

FOLGA = FESTA, 17

A DINÂMICA DOS TRÊS, 20

O TREINO DAS MENINAS, 35

SEREIA FORA DO MAR, 40

PERFORMANCE PÓS-TREINO, 49

NÃO LINEAR, 59

JESS NAS ONDAS, 62

O CAMPEONATO, 69

O OLHO DO FURACÃO, 76

DEPOIS DA ONDA GIGANTE, 79

ALINE?, 82

PROCESSOS, 89

MATHEUS E O MAR, 92

RESPIRAR, 96

OUTRAS ONDAS, 100

EPÍLOGO, 103

BÔNUS, 105

PRÓLOGO

Dizem que a cura para tudo está na água salgada: suor, lágrimas e mar.

Aline já tinha dois desses elementos em presença quase diária, nos treinos de surf do time feminino. O treinamento parecia mais intenso a cada dia que se aproximava do campeonato nacional. E o mar a recarregava.

Para ela, estar surfando era indescritível, algo como estar fora do tempo. Quase mágico. Mas era difícil se manter dentro dos limites. Os poucos segundos ou minutos de espera entre uma onda e outra a deixavam num misto de ansiedade e tédio. E com seu jeito, que alguns chamariam de brincalhão e muitos, de atrevido, ela acabava rabeirando.

Aline, a surfista que o treinador tinha em sua lista privativa como uma das mais promissoras para ganhar o campeonato, roubava ondas de suas colegas. E, na maior parte dos casos, pouco se arrependia disso.

Mas nesse dia ela acaba sendo expulsa do treino.

— Felipe, elas não estavam indo. Eu devia fazer o quê? Deixar a onda morrer e ficar sentada?

— Tu sabe bem que não é assim que as coisas funcionam aqui, Aline!

Duas jovens vestidas com maiôs de cores e estampas iguais ao de Aline se aproximam irritadas. Uma delas esbraveja:

— Tu não tem espírito de equipe mesmo, né, mulher?

— Ah, se liga, Lígia. Tu que é lerda!

Felipe então se aproxima e faz sinal para que Aline se retire.

— Eu falei sério, Aline. Não quero mais você aqui hoje. Espero que melhore esse comportamento para o próximo treino e eu não tenha que te expulsar do time. — Ele não está realmente considerando essa possibilidade, quer apenas lhe dar um susto esperando que assim ela mude de comportamento.

— Mas vai fazer tempo ruim amanhã. Então eu só vou treinar semana que vem?!

O treinador apenas levanta os ombros, como quem diz "o problema é seu".

— É assim, então? Beleza, Felipe. Boa sorte com o time.

Aline pega sua prancha e sai irritada, marcando com força seus pés na areia e deixando os cabelos balançarem ao vento. De longe, consegue escutar algumas meninas do time falando dela.

— Lá vai a rabeiradeira.

Aline apenas continua andando. O mar brilha sob a luz do sol da manhã, um cenário daqueles que os turistas pagam para ver. Mas a garota mal o aprecia, pois sua raiva é imensa, apesar de não o suficiente para lhe conectar com a terceira fonte de cura, que não desperdiçaria em uma situação daquelas: suas lágrimas.

O SOL DO SUL

O SOL DO MEIO-DIA QUEIMA SUA pele bronzeada dos anos de surf no litoral brasileiro. Mesmo que na região Sul não faça tanto calor quanto no Nordeste, o sol das terras brasileiras é sempre presente. E sua pele morena-oliva se bronzeia com facilidade.

Aline sai da água em meio ao horário de pico. A praia já não está mais tão bacana para o surf. O que significa que é hora de ver o seu amigo que, mesmo não sendo muito do mar, é sempre do sol.

Ela caminha com sua prancha até a lanchonete, e lá está Jaca em seu turno, servindo mesas de turistas e visitantes esporádicos. Nenhum dos rostos conhecidos está por perto.

Ele vê Aline se aproximando e caminha até ela.

— Nem pra tomar uma ducha e se secar antes de sentar pra comer?

— Vou pro mar de novo mais tarde mesmo.

— Ah, então tudo bem deixar as cadeiras da lanchonete meladas de sal.

— Porque ninguém mais vem da praia e senta aqui, né? A areia que venta deve passar reto pelas mesas e cadeiras.

Ele ri da seriedade no sarcasmo da amiga e puxa uma cadeira indicando para que ela se sente.

— Tu podia pelo menos arranjar um guarda-sol pra mim, né, Jaca?

— Achei que tu gostasse do sol. — Ela olha para ele com expressão séria, Jaca acha divertido. — Mas pode deixar, já pego.

Ele caminha para o interior da lanchonete e Aline se senta, colocando seus óculos escuros que a deixam com jeito de celebridade. Algumas pessoas a olham com curiosidade, pois, apesar de ser brasileira, Aline parece hispano-americana. A confusão faz um atendente novato vir falar com ela em espanhol, mas logo Jaca volta com um guarda-sol.

— Já sabe o que vai pedir?

— Senta comigo, vamos almoçar juntos — Aline diz, olhando para o cardápio colorido e laminado.

— Meu intervalo é em dez minutos. Termino os pedidos e posso te acompanhar. — Ela não parece exatamente feliz com a resposta. — O que houve, a Jess não veio hoje?

— Ela saiu logo depois do treino. Tinha que resolver alguma coisa com o pai dela. — Aline ajeita o cabelo comprido e liso para o lado. — Mas não é só por isso que eu tô te chamando. Até porque eu não me importo de comer sozinha. Vim almoçar porque treino dá muita fome e tô há quase sete horas em exercício.

— Então vai escolhendo aí que eu já volto.

Aline sempre se diverte um pouco ao ver Jaca em seu próprio tipo de exercício, atendendo várias pessoas, carregando bandejas de um lado para o outro. Até que ele não é tão desastrado assim. Quem o visse na água diria que ele não duraria cinco minutos sem derrubar uma cozinha toda e se atrapalhar com os clientes. Como é que eles podiam ser tão diferentes?

Jaca também nota essa diferença. Até porque ela não é lá muito indecifrável. Mas, para ele, é instigante. Aline tem certos mistérios e isso o atrai. Jaca às vezes sente que pode sair voando se passar um vento, e Aline é muito pé na terra, mesmo sendo tão natural da água, coisa que ele não é nem um pouco. Como eles podem ser tão conectados?

* * *

Aquele dia na prainha parecia ter acontecido há uns mil anos, pois agora eles parecem amigos de infância. Mas não são. Aline crescera em uma região da ilha, e Jaca, em outra. Regiões parecidas em diversos aspectos, próximas geograficamente, mas distintas. Estudaram em colégios diferentes. E ele é um ano e meio mais velho que ela. Frequentam clubes diferentes, cursaram inglês na mesma rede, em diferentes unidades, têm meia dúzia de conhecidos em comum, mas não haviam se cruzado até o dia do surf.

Jaca andava desde o sexto ano com um grupo de garotos que surfavam. Surf de final de semana, fora da época de provas. Ele não tinha se animado durante o período do colégio. Tentou uma vez nas férias, mas subiu depressa demais, caiu e quase se afogou. Nada grave, mas marcou o garoto de 13 anos, que decidiu não pegar mais na prancha. Agendou aula na escolinha uma vez, já no terceiro ano, mas, quando viu que os colegas eram mais novos, desistiu. Até o dia em que os amigos de colégio decidiram marcar um reencontro na praia, depois da formatura, e todos levaram suas pranchas. O dia estava realmente lindo, inspirador, e um dos colegas insistiu para que ele desse mais uma chance ao surf. O amigo se dispôs a ajudar e, na adrenalina do momento, ele topou. De sete tentativas, caiu seis; e na que conseguiu ficar em pé, tomou o maior caldo do dia.

Foi exatamente o que chamou a atenção da estudante, que tinha acompanhado o irmão para um surf livre. Júlio, o irmão mais velho de Aline, era amigo de um dos colegas de Jaca e tinha ido surfar junto. Como Júlio havia quebrado sua prancha, pediu a de Aline emprestada, mas ela só cedeu com a condição de ir junto, porque ninguém a levava nos picos e ela não dirigia. Júlio topou.

Quando Jaca mergulhou sob a onda, Aline ficou surpresa. O pessoal começou a chamá-lo de Jaca, mas algo a incomodou. O garoto saiu da água afobado, ela tentou falar com ele para ver se precisava de algo, mas ele passou reto e foi para a ducha. Depois de se secar, ficou um tempo ali tomando água de coco enquanto esperava sua carona. Ele não era de guardar sentimento ruim, então apenas se sentou e observou. Mas não viu seus colegas surfando, viu uma menina, que por sinal achou linda, mas logo sua atenção se voltou para o seu talento. Ela surfava bem melhor que todos os seus amigos, e mais do que os outros rapazes que estavam por ali. E ele percebeu como isso incomodou vários deles. Os que estavam ali por diversão gostaram de vê-la. Mas alguns tiveram o orgulho ferido e começaram a falar que ali não era lugar para menina.

Um dos jovens, alguém que ele já tinha visto antes, se manifestava rindo e empurrando de brincadeira os colegas.

— Minha irmã, hein?

Ele falou com orgulho, parecia estar genuinamente feliz. E, quando viu um dos garotos reclamar, protestou:

— Qual é o problema, brother? Ela não te fez nada.

A menina saiu da água como uma sereia, como se ter pernas fosse tão confortável quanto estar dentro da água. Júlio a cumprimentou com um "high-five" seguido de um abraço e, quando outros meninos tentaram fazer o mesmo, ele bloqueou. Aline seguiu até a mesa ao lado de Jaca e pediu um suco de abacaxi. Ele sorria igual a um babaca e não se conteve.

— Tu surfa muito bem.

Ela olhou cinicamente.

— Para uma garota?

— Não, só surfa bem. A melhor pessoa que vi na praia hoje.

— Ah, bom, valeu! — disse ela se desarmando um pouco e pegando o suco. — Tu é o garoto que tomou caldo. Deu de jaca várias vezes.

Ele ficou envergonhado, mas não tinha mais jeito.

— Acho que a partir de hoje meu nome vai ser esse.

— Eu gosto. Jaca — ela sorriu. — Quase ninguém vai entender mesmo. E, se tu melhorar, a gente inventa outro.

— Quem sabe tu me dá umas dicas.

A ideia não era para ser uma cantada, mas pareceu.

— Eu não dou dicas. — Ela deu um gole no suco. — Mas, se tu tiver disposição para treinar, eu pratico por três horas todo sábado e domingo. Tem um grupinho que se reúne lá no sul da ilha. Se quiser aparecer, nós chegamos às seis.

Ele se arrependeu de ter dito aquilo, mas não tanto quanto de ter ido ao local no dia seguinte. Algo o magnetizou para aquilo, e não era exatamente o surf. Só não se arrependeu mais porque foi assim que conquistou uma das maiores amizades de sua vida.

* * *

Aline agita os braços, nervosa.

— Ou, Jacão! Tá surdo agora? Tô te chamando já tem tempo.

Jaca volta para sua realidade presente no restaurante do pai. Por um instante ele se viu na prainha há mais de três anos. A Aline que está ali na sua frente era um pouco diferente. O cabelo mais loiro, mais comprido, a pele mais bronzeada, a expressão ainda mais espirituosa. Jaca tira seu avental e se junta a ela na mesa.

Ele serve o sanduíche dela e pega um para si; o dela é maior e mais saudável. Ele coloca na mesa uma porção de fritas.

— Nossa, fritura, J?

Ela reclama, mas acaba pegando vários palitos de batata. Ele apenas ri discretamente, pois já conhece o comportamento da amiga.

— Treinou mesmo, com essa fome toda.

— Eu preciso treinar ainda mais — ela fala de boca cheia; ele olha feio.

— Precisa treinar mastigar antes de falar.

Aline limpa a boca no guardanapo de papel e olha cinicamente para o amigo.

— O Felipe tá no meu pé, ele já me expulsou de um treino na semana passada. Não posso brincar.

— De ficar roubando onda...

— Eu não faço isso! — ela esbraveja e depois complementa: — Mais. Eu só fiz algumas vezes. Ah! As meninas de lá são lerdas e eu é que tenho culpa?

— Tu só é responsável pelos teus atos, né, sereia? — Ele termina o sanduíche. — Tenho que ir. Meu pai já me olhou feio, intervalo de 15 minutos.

Enquanto ele caminha até a cozinha, Aline termina seu lanche e olha irritada para o amigo. Como ele ousava não ficar do seu lado em um momento desses? Ela vai até o balcão pagar sua conta e Jaca se aproxima.

— Pode deixar, esse é por minha conta.

— Não precisa, Jaca. Todo mundo pode me achar uma ladra de ondas, mas eu pago minhas contas.

— Eu tô oferecendo. E o dinheiro nem é seu — ele solta e logo se arrepende.

Aline larga uma nota de vinte reais no balcão e sai do local espumando.

FOLGA = FESTA

Dias de folga do mar, ou melhor, de folga do surf (pois do mar já seria castigo), significam noites divertidas.

Geralmente, as noites de Aline em época de campeonato são sinônimo de jantar leve, um filminho e travesseiro.

Mas não nessa noite. Foi só ver que o mar não daria para treino que Aline rapidinho agita uma saída. E será uma saída épica, pois Jéssica irá também. Jéssica praticamente nunca sai com a turma, ou com Aline. Elas são ótimas amigas na praia, porém no treino são todas competidoras. Aline só consegue ver perdedoras que ela precisa eliminar, pranchas sem rosto que a estimulam a treinar mais. Mas Jéssica, apesar de excelente surfista, não é um problema, porque seu foco são os tubos, as ondas grandes pelas quais Aline não tem muito interesse. Elas usam pranchas de tamanhos diferentes, e por isso competem em baterias diferentes.

Jéssica irá passar a noite na casa de Aline, pois sua família mora fora da cidade, em um município rural, o que dificulta seu deslocamento. Mas, apesar do pouco tempo que passam juntas nos três anos de treino no mesmo time, Jess e Line são boas amigas. Talvez principalmente pelo fato de Aline não ser a pessoa mais amigável da equipe, e Jess ser tão focada em seus objetivos que nem tem tempo para outras coisas.

Então Rabeiradeira, a menina que gosta de roubar as ondas do time todo, e Yaíba, a tempestade na água, acabam sendo a dupla mais polêmica da praia.

Mas nada disso importa em noite de festa, nem em qualquer outro momento, no que dependesse de alguma das duas.

* * *

Aline veste uma minissaia e uma blusa justa, a maquiagem está carregada e o cabelo mais liso após quase uma hora de secador e chapinha.

— Detesto que me confundam com uma surfista! — diz, passando seu batom vinho e borrifando perfume frutal pelo quarto.

Jéssica ri.

— Claro, por que você iria querer isso se pode parecer uma universitária ou uma dançarina?

— Exatamente. — Aline ajeita a blusa. — Sei que é estranho, Jess, mas tem dias que eu gostaria de ser a Aline antes de ser a menina que surfa no time. Eu sempre fico na dúvida se as pessoas querem falar comigo ou com a competidora, sabe?

Jess mantém o cabelo com suas ondas naturais. Ela tem mechas loiras, da exposição ao sol, e usa um vestido bordado, da feira de artesanato de sua cidade. Coloca suas rasteirinhas, pois quer estar confortável, mas dar um descanso para os chinelos. Ela passa um pouco da maquiagem de Aline, mas discretamente.

— Adoro essa sombra verde.

— Combina com teus olhos. Fica com ela, eu quase não uso.

— Que é isso, Aline? Tu já tá me emprestando...

— Tô te dando e pronto, eu tenho várias. E fica bem melhor em você. Se não fosse pela água salgada, tu deveria usar todo dia.

Jéssica acha engraçado o jeito de Aline; ela fala depressa, com a voz um pouco rouca e sempre agitada, fazendo mil coisas ao mesmo tempo. Ela aceita o presente e as duas saem juntas rumo ao local.

* * *

Caminhar nas noites de primavera do litoral sul é uma alegria que Aline não sabe descrever. Naquele momento, não pensa em nada, apenas sente a brisa, o frescor do ar, o cheiro da maresia quase distante, mas ainda perto o suficiente, as estrelas sobre sua cabeça e, acima de tudo, aquele som da noite, da pura natureza da noite, que só quem mora próximo de ambientes preservados consegue ouvir. E ali ela é apenas Aline, não é a surfista de elite, não é a Rabeiradeira, nem a filha dos Batista. Ela não precisa ter nacionalidade, profissão, nem nome; ela precisa apenas estar ali, respirando.

A DINÂMICA DOS TRÊS

O DIA PÓS-FESTA AMANHECE CINZENTO e Aline demora um pouco para acordar, já que não tem surf nem alarme. Mas é o dia designado para praticar seu inglês para futuras viagens e entrevistas. São 8h52 e ela leva as mãos à cabeça; a luz parece muito intensa para seus olhos recém-abertos. Caminha até a mesa da sala de seus pais, repleta de frutas e pães. Eles estão no trabalho. Ela pega um prato, se serve e vai até a varanda onde há um pequeno jardim.

— Bom dia! — diz Jéssica sentada em um banquinho de madeira.

— Que susto, mulher! Tu não dorme, não? — Aline fala colocando uma mão no peito.

— Dormi seis horas completas.

— Uau! — Aline diz sarcástica enquanto come uvas e mirtilos.

— Pra mim é difícil levantar depois das oito. Mesmo antes dos treinos, eu acordava cedo para ajudar na colheita, lá no sítio. Agora já seria quase o meio do dia.

— Sério? — Aline para de comer por um instante. — Às vezes, perto de tu, eu me sinto a mimada da lagoa. — Ela se senta esparramada no sofá e olha para o celular novo, cheio de notificações na tela.

— E tu não é? — Jéssica se levanta e pega uma banana. Ela acha graça, mas Aline fica um pouco encanada.

— Eu não queria ser. — Ela deixa o celular de lado e repara em suas rasteirinhas novas ao lado das de Jéssica.

— Relaxa, Line. Tu tem as coisas um pouco mais fácil, sim, mas tu treina direto, estuda. Não vamos exagerar. Cada um tem sua própria realidade.

Aline acena concordando, mas fica encanada. Ela se levanta, vai até a mesa, olha para a comida em seu prato, repara na vista da casa de seus pais e se senta na poltrona abafando um bocejo. Ela fica se questionando se é justo ter tudo aquilo à sua disposição e olha para Jéssica, que se serve de café. Pensa na amiga se levantando antes do nascer do sol para trabalhar no sítio, ou saindo de outro município de ônibus ou carona para chegar no treino, enquanto ela apenas precisa atravessar a rua e andar uns 500 metros.

* * *

Os pais de Aline chegam em casa discutindo sobre investimentos e seus negócios na loja. Eles deixam um exemplar do jornal do dia sobre a mesa da sala, e então veem Jéssica no canto da cozinha lavando sua caneca.

— Não precisa se preocupar, não — diz a mãe de Aline.

— Imagina. É o mínimo que eu posso fazer.

Aline passa da varanda para a sala. Seu pai pega o caderno de cultura e se senta na poltrona com o celular em uma mão e o jornal em outra.

— Bom dia, Aline. Resolveu dormir até mais tarde hoje?

— É, aproveito o pouco que consigo.

— Mas é sempre bom se dedicar, não?

— Sempre — ela diz sem nem se dar conta. É algo quase militar, que faz desde a infância.

Ela caminha pelo corredor e, sem motivo aparente, seus olhos ficam marejados. Aline afirma mentalmente para si mesma que é alergia, mas o aperto em seu peito indica que o sentimento é outro. Ela segue rumo ao seu quarto e se torna a criança obediente que aprendeu a ser desde os dois anos, então olha para o quarto ao lado, de seu irmão, que não mora mais na casa, e pensa se não deveria ter saído também, ido morar numa república com algumas de suas colegas surfistas, ou partido de vez para treinar em outra capital. Mas, quando pensa em ir para o Havaí, seu sonho de infância, fica com a respiração curta e precisa arrumar alguma coisa para se ocupar. Por sorte, ou sincronicidade, Jéssica está bem ali, seguindo no caminho oposto do corredor.

— Tu vai fazer o que hoje? — Jéssica pergunta.

— Sei não, acho que vou correr um pouco ali perto da praça. Topa?

— Com certeza. Vou colocar o tênis.

As duas amigas saem para correr. Aline dispara no início da contagem, dá quase o dobro de voltas que a amiga e para depois de vinte minutos. Jéssica continua e diz a Aline que vai treinar nos aparelhos – sua disciplina é invejável. Aline tem outro estilo: é intensa, mas não tão disciplinada – seu foco é ganhar e competir. Jéssica não se importa em ganhar todas as batalhas, mas precisa de desafios grandes.

Aline vai diminuindo o passo e se senta no banco, quase encostada em uma árvore. Ela vê Jaca passando e acena para ele.

— Jaca! Vai me ignorar, é?

Ele sorri e vai até ela.

— Eita, Aline. Não te vi. Tava treinando?

— Correndo. Mas já encerrei. Talvez mais pro final do dia eu corra de novo. Tu podia me acompanhar, hein? Melhorar essa forma.

— Sutil seu jeito de falar. Me chamar de gordo seria mais discreto.

Aline ri e o puxa para se sentar ao seu lado.

— Tá sensível?

— Não enche, guria.

— Tu vem se quiser. Mas pode ser bom cuidar mais do condicionamento.

— Só que não dá pra correr contigo, né, flecha? Tu dispara loucamente.

Aline ri.

— Mas a Jess não se importou, correu no ritmo dela.
Jaca escuta e olha ao redor.
— E cadê ela?
— Sei lá, foi fazer o resto do treino. Mas já faz uns quinze minutos. Ela se esforça muito.
— É? Isso não é bom? Digo, pro meio de vocês?
— Pro nosso meio? — ela fala imitando a voz mais grave de Jaca. — Não, acho que não desse jeito. Mas ela quer pegar ondas grandes, a preparação é intensa. Fora que é superdifícil falar com ela dessas coisas.
— Talvez tu tenha que tentar de outro jeito. Olha ela ali, está usando a árvore de base. Eu vou falar com ela.

Jaca caminha até a árvore na qual Jéssica se apoia para exercitar as pernas. Ele fica de frente para não assustá-la e ela o vê chegando, mas continua o treino. Quando termina uma sequência, ela sorri para ele, que aproveita e se aproxima.

Jéssica está toda suada, com o rosto vermelho, quente, o coração acelerado, a respiração ofegante.

— Oi, Jess. Treinando pro fim do mundo?

Ela recupera pouco a pouco o ar.

— Só me mantendo preparada. E tu?
— Dando uma volta no dia de folga.
— Vou terminar a série e já sento lá com vocês.

Jaca pega Jéssica pelas mãos e caminha com ela até o banco, então tira uma garrafa de água de sua mochila.

— Acho que tu precisa de uma pausa.

Ela pega a garrafa e dá dois goles.

— Valeu, já volto.

Jaca olha para Aline, ela ergue os ombros, e eles se sentam um do lado do outro. Jéssica faz mais duas séries de exercícios e então vai encontrar os amigos, que estão brincando no celular.

— Mas vocês não levam nada a sério, hein?

Eles se viram para Jéssica, que se seca em uma toalha deixada no banco por Aline.

— Porra, que susto! Nem todo mundo tem seu treinamento cardíaco, olha o Jaca aqui.

Ele ri.

— Eu que tomei o susto? Desculpa, então.

Jéssica ri e se senta entre os dois. Jaca se aproxima dela e volta atrás.

— Vermelha, suada. Que coisa linda, hein, dona Jéssica?

— Ah, não enche. Lindo vai ser o resultado disso daqui a algumas semanas. Agora eu toparia um banho. Bora, Aline?

— Vamos, estou fritando nesse sol.

Jaca fica sentado sozinho, observando as duas irem embora. Aline se vira de volta para ele.

— Depois vamos comer alguma coisa. Quer vir também?

— Tu tá me convidando para ir até a mansão Batista?

— Só vou convidar uma vez.

* * *

Eles chegam à casa de Aline. Os pais dela não estão, nenhum carro na garagem. Eles passam pela porta da sala. Aline faz gesto de passagem para Jéssica.

— Vou deixar tu ir primeiro, porque... bom, acho que é óbvio. Mas não demora, hein?

— Eu nunca demoro — ela diz e já vai correndo para o chuveiro.

Jaca vai seguindo ao lado de Aline, mas ela aponta o sofá e faz que não com a cabeça.

— Só até aqui, querido. Ali é território das meninas. Pode ligar a TV, se quiser, o wi-fi tu tem, né?

— Tranquilo. Tenho, sim.

Aline sorri.

— Se quiser água, pode se servir lá na cozinha. Nós já voltamos.

— Tranquilo, gata.

Ela faz que vai falar alguma coisa, mas desiste e vai para o seu quarto separar uma roupa. Então olha pela janela da varanda e vê um choca-da-mata voando no quintal. Jéssica está pegando as coisas em sua mochila, olha para Aline e sorri.

— Será?

Toda vez que elas veem um pássaro dessa espécie que não seja um filhote, se perguntam se não é o mesmo que salvaram anos atrás. Aline se lembra perfeitamente desse momento, que marca o início da amizade entre as duas surfistas de temperamentos tão intensos, tanto dentro quanto fora dos treinos.

* * *

A primeira montagem do time oficial de Felipe teve início quando Aline entrou, mas antes ele já treinava um pequeno time com quatro garotas. Elas surfavam na praia do centro e a mais rebelde delas, Jéssica, não pudera ir ao primeiro treino, pois morava longe e ainda não tinha sido liberada do trabalho. Aline não sabia nada daquela moça de pele dourada e cabelos ondulados, que chegava de micro-ônibus, vinda de outro município, e mantinha o olhar sério seguindo o treino com mais resiliência que a maioria das garotas. Mas nisso Aline nem prestou atenção. Da mesma forma, Jéssica mal notou a menina do centro, de semblante latino, que balançava os longos cabelos com luzes enquanto parafinava sua prancha nova.

Foi apenas no terceiro treino — Felipe ainda estava conhecendo as garotas e testando as pranchas — que as duas pegaram juntas a primeira e também uma das poucas baterias. Jéssica não era tão rápida quanto Aline, mas era consistente. Aline tentou dar uma rabeirada nela, mais como uma forma de marcar território, mas, ao contrário das outras meninas do grupo, Jéssica não saiu, não caiu nem se desviou. Foi ousada o suficiente para continuar na onda, em um misto de não perceber nada além de si mesma e de provocar a outra surfista para ver quem caía primeiro. Ela mostrava uma força e uma presença tão grande que Aline acabou caindo, tomou o maior caldo que já tinha levado naquela praia e quase perdeu o senso de direção quando subiu de volta. Foi ali que Aline percebeu que Jéssica não estava lá para brincadeiras e que havia uma oponente forte no time.

Aquilo tudo inspirou em Aline um certo respeito pela surfista ousada. Quando o treino acabou, Jéssica olhou irritada em sua direção.

— Repara só, guria, se tu atravessar minha onda, eu atravesso tu.

— A gente podia ter batido, percebe? E tu não tava abrindo espaço a bateria toda.

— E daí?

— E daí de a gente quase ter se trombado, ou de tu não ter dado espaço pra mais gente pegar onda na sequência?

— Dos dois — ela disse e saiu andando.

Aline a observou caminhar até o ponto de ônibus. Então foi até o murinho pegar suas coisas, lavou suas mãos cheias de areia, tomou um pouco de água, ajeitou sua bolsa, pegou a prancha e começou a caminhar rumo à casa de seus pais. Mas, antes, parou e tirou uma selfie, com o mar ao fundo, postando com a legenda "mais um dia de treino neste mar lindo".

Quando guardou o celular de volta, Aline reparou em Jéssica esperando seu ônibus passar. A colega olhou para o lado ao perceber que estava sendo observada, bufou irritada, e então encarou Aline. Na hora de ajeitar sua prancha e fazer sinal para o ônibus, Jéssica derrubou seu bilhete e, com alguns passos firmes, Aline conseguiu impedir que ele voasse para longe. Então correu até Jéssica e o entregou a ela.

Jéssica olhou nos olhos de Aline, com a respiração ofegante por quase perder sua volta para casa.

— Valeu! — Então subiu no veículo e não olhou mais para trás. Aline observou o ônibus seguir por um trajeto que não conhecia. Nunca fora até o Sítio das Algas, mas sabia que era longe.

Nos treinos seguintes, Jéssica continuou quieta, séria e mostrando uma força que deixava muita gente com vergonha. Certo dia, ao final do treino, Aline a viu bebendo água, cheia de energia, ao contrário das outras garotas que, como ela, estavam estiradas na areia.

— Tu não se cansa, hein?

— De onde eu venho não tem essa de pausa pra descansar.

Aline não estava acostumada a ser rejeitada e não tinha paciência para intrigas, mas achava que com ela poderia ser mais próxima. Por enquanto, seu único amigo no surf era Jaca, o menino que trabalhava na barraca da praia e não sabia surfar. Ela gostava de falar e detestava ficar sozinha, mas parecia que era o que estava acontecendo. Aline, então, seguiu até a barraca; não encontrou o amigo, mas se sentou para esperá-lo.

Depois de longos minutos, Jaca a viu e correu até sua mesa.

— Foi mal, surfista. Faltou um funcionário hoje, casa cheia, já anoto seu pedido.

— Me traz um açaí completo. E não regula a farofinha e o morango, hein?

Ele riu, enquanto Aline olhava as mensagens no celular. Queria ter notícias de seu irmão, que chegaria à cidade em breve. Não se viam havia mais de um mês, e nunca tinham ficado tanto tempo distantes. Ela sentia sua falta, embora nunca fosse dizer isso a ele. Mas só encontrou mensagens do garoto com quem estava saindo. Se era esse o grau de ânimo que aquelas mensagens lhe despertavam, talvez fosse melhor não saírem mais.

— Bastante farofa e morangos extras — disse Jaca, chegando com o açaí. — Não precisa regular na gorjeta, não.

Aline tentou disfarçar, mas o sorriso já havia dominado seu rosto, com a boca cheia de açaí. Jaca apoiou o braço em sua cadeira e perguntou:

—Aquela menina não é do teu time? — Ele apontou para uma mesa onde Jéssica tomava um suco vermelho sozinha.

— É, acho que sim.

— Tu acha? Mais de um mês de treino com menos de dez gurias e tu não sabe, Line?

— Ela é, mas não somos amigas.

— Gostaria de ser?

— Ela é muito séria. — Aline olhou para a mesa de Jéssica, que percebeu o olhar e a encarou de volta irritada. — Viu?

— E tu é sensível e delicada nos treinos, né, Line?

— Vai trabalhar, Jaca!

— Aline, tu já fez amizade com alguma garota no time?

— Eu não estou lá pra fazer amigas, é um treino.

— Ok, ok. Boa refeição pra você.

Aline atiraria parte do açaí nele, por ser tão intrometido, se não estivesse com tanta fome.

Jaca levou uma porção de fritas e molho agridoce até a mesa de Jéssica. Ela sorriu e agradeceu.

— Tu quer mostarda também? É fresquinha da casa.

— Aceito, sim. — ela sorriu. Jaca reparou que ela era bonita, mas seu foco era ajudar sua amiga. Quando voltou, Jéssica já tinha devorado boa parte do molho agridoce com as batatas mais crocantes.

— Tu sabe, minha amiga adora esse molho, e prefere assim, com as batatas crocantes. Ela também toma o suco vermelho sem açúcar. Deve ser lance de surfista.

— Não entendo de nenhum lance de surfista. E a tua amiga do balcão menos ainda, porque é uma ladra de ondas.

— Ela é mesmo. Aprendeu surfando com os meninos do colégio, e eu ainda preciso ensinar bons modos a ela. Espero que goste da mostarda.

Aline ainda estava se deliciando com seu açaí, quando foi surpreendida por Jaca.

— Tu rouba onda no treino, Aline? Não é à toa que não faz amizade.

— Aquela menina é louca, ela se lançou na onda e eu quase me afoguei — ela disse, aumentando o tom de voz e chamando a atenção de outras pessoas, inclusive a de Jéssica, que pareceu surpresa no início, mas logo sorriu maliciosamente, fazendo uma negativa com a cabeça. — Vê, tu acha que eu devia ser amiga dela?

— Acho que a pergunta certa talvez seja se ela devia te dar uma chance. Eu vou atender a mesa 7, que estão me chamando — respondeu Jaca enquanto se afastava.

Logo Jéssica terminou sua refeição e foi até o caixa.

— Tudo certo, moça? — ele perguntou, entregando-lhe o troco.

— Obrigada, estava tudo ótimo.

— Que bom que gostou. Espero que volte.

Ela acenou concordando, mas com o olhar baixo e já se virando na direção da calçada. Jaca ficou meio sem graça.

— Olha, perdão se fiz algum comentário inapropriado. A minha amiga é meio agressiva mesmo, mas é só na superfície.

— Vocês dois são tão diferentes — disse ela, partindo rumo à praia.

Enquanto caminhava pela areia, Jéssica escutava o vento forte balançando os galhos das árvores e os seus cabelos ondulados. Então um estrondo a fez olhar para trás.

Ela reconheceu a figura de Aline agachada no chão da calçada, mas não entendeu o que estava acontecendo. Parecia que algo estava errado, e isso a fez caminhar até a colega. Quando chegou perto, conseguiu identificar um pássaro caído no chão e Aline tentando pegá-lo.

— Ele está ferido — disse Aline, olhando apreensiva para Jéssica. — O vento derrubou o ninho.

— Só tinha ele?

— Pelo visto, só. — Aline acariciou o pássaro, que piou com um som fraco.

— Parece filhote. Deixa eu ver. — Jéssica se abaixou e tocou o passarinho. — É um choca-da-mata, já vi vários deles na minha cidade. Precisamos fazer uma tala.

— Tu sabe fazer?

— Sei. Será que tem material na lanchonete do teu... amigo?

— Vamos lá. — Aline pegou o animalzinho com cuidado. O passarinho se alojou em suas mãos e ela o carregou até encontrar o amigo. Ele pareceu preocupado com a expressão no rosto dela.

— O que houve?

— Precisamos fazer uma tala e limpar o ferimento — disse Jéssica. — Tu tem algum canto e um kit de primeiros socorros?

— Podem usar a pia do vestiário aqui atrás, vou ver como está nossa caixa. Já volto.

Aline posicionou o passarinho sobre um banco de madeira. Jéssica abriu sua mochila e retirou um rolo de gaze, então foi até a pia e começou a limpar a pata do animal. Aline observou surpresa.

— Tu é preparada, hein?

— Eu surfo, lesões fazem parte do pacote. Tu não tem nada na mochila? — ela perguntou, concentrada em sua função de enfermeira.

— Só álcool em gel e alguns curativos simples.

— É que tu nunca deve ter precisado estancar ferimento sem posto médico por perto. Ando sempre preparada.

Jaca voltou com uma maletinha de plástico branca e a entregou nas mãos de Jéssica.

— É só isso que temos.

Ela abriu com agilidade e observou o conteúdo.

— Beleza — disse preparando uma tala improvisada. Quando acabou, o pássaro conseguiu ficar em pé. Jaca sorriu e Aline respirou aliviada.

— Que massa que tu sabe fazer isso — disse Aline. — Ele já parece melhor.

— Só que o ideal era que agora ele pudesse ficar um tempo abrigado antes de voltar para a natureza. Eu já fiz isso lá no sítio, mas não tenho como levar ele comigo no ônibus.

— Eu posso levar — prontificou-se Aline. — Tenho espaço no quintal coberto. Se tu puder me dar umas dicas de como cuidar dele...

— Tu mora perto daqui? — Jéssica perguntou. — Posso explicar o básico e, qualquer coisa, vou acompanhando contigo nos próximos dias.

* * *

A lembrança dura o tempo de Aline se arrumar. Na memória parecem horas, mas, na verdade, são apenas 15 minutos.

Então em menos de meia hora as duas meninas já estão prontas, de volta à sala, olhando para o sofá onde Jaca joga em seu celular. Ele olha para cima.

— Eita! Já?

— Tu quer dizer que não parecemos prontas, Jaquinha? — Jéssica diz.

— Claro que não, estão lindas. Só que isso foi a jato, como vocês...?

— Esquece, temos outro ritmo. Tu não ia entender — Aline diz e o puxa pelo braço. — Bora comer.

Jaca abraça uma de cada lado, caminhando no meio. Eles vão andando assim até a esquina. Então Jéssica para de andar.

— Tamo indo aonde, gente?

— No burger! — Aline diz quase salivando.

Jaca faz cara feia e Jéssica endossa. Aline solta os braços decepcionada.

— Nossa, tá bom. E qual é a sugestão de vocês?

— Massa seria uma boa — diz Jaca. Aline faz cara feia. — Ou então o Pedreira da Serra.

Jéssica cruza os braços.

— Porra, eu saio lá da roça pra comer a comida de casa dez vezes mais cara?
— Desculpa.
A menina ri.
— Relaxa, brother. Mas, sério, eu não tô com tudo isso de grana. Não podemos ir em um quilo mais acessível?
— Esquenta não. A gente te ajuda — Aline diz e dá um soco no braço de Jaca. — Né, J?
— É. Porra, Aline! — Ele massageia o braço e faz uma careta de dor.
— De jeito nenhum — Jéssica diz e sai andando na frente. — Pode ser no vegetariano da praia. Tá sempre cheio no horário pós-treino, não é tão caro, e é bom pro Jaca variar e não ir na loja do pai dele.
— Eu topo — Jaca diz tranquilo.
Aline bufa.
— Puta, vegetas! Tudo bem. — Ela caminha com irritação se afastando um pouco.
Jaca abraça Jéssica.
— Liga não, aquela ali bufa, mas não faz nada. Ela gosta de lá também.
— Eu sei — Jéssica responde. — Quase tanto quanto de fazer uma cena.
— Ei! Eu te recebi na minha casa! É dos meus pais, ok. Mas, ainda assim, poxa.
Jaca estende o outro braço para Aline e eles voltam a caminhar em abraço triplo, até que chega a hora de atravessar a rua. Jéssica vai na frente, Aline sai correndo pelo lado e Jaca fica sozinho do outro lado esperando os carros passarem.

* * *

No fim da tarde, Jéssica pega um ônibus para voltar para casa e Aline e Jaca ficam sentados de frente para o mar assistindo ao pôr do sol. Eles ficam em silêncio por alguns instantes, o som mais intenso é das ondas do mar quebrando com força na praia. Jaca então se vira para Aline.

— Amanhã de volta ao mar?
— Ao mar, sim; na prancha, ainda não. Só na sexta.
— Complicado o negócio, então?
— O mar comanda.

Jaca olha para o lado oposto ao de Aline.

— Deve ser difícil pra você.
— O quê? — Aline fica surpresa com a afirmação do amigo.
— Não estar no controle. — Ele sorri para Aline com uma pontinha de sarcasmo e depois desvia o olhar para a areia.
— Na verdade, o comando do mar é lindo, e justo. Tem que ser assim, é a natureza, isso é parte do que me encanta no surf e no mar.

Jaca fica sem palavras com a declaração de Aline. Ela fala com propriedade e amor, nem parece a menina birrenta da hora do almoço. Aline se levanta.

— É melhor eu voltar, tenho umas coisas pra resolver ainda.
— Tá certo, eu também. — Ele se levanta e tira um pouco de areia de seu short. — E desculpe qualquer coisa, Line.

Aline aperta os lábios em expressão de irritação e sai caminhando em direção à sua casa.

— Qualquer coisa, não. Tu já é a inconveniência. — Jaca ri e observa Aline, que se vira em sua direção. — E eu sempre estou no comando. Não se engane!

Ela parte e ele fica observando até ela chegar à esquina e não estar mais à vista. Jaca caminha até a praia e molha os pés nas ondas que batem já fraquinhas na areia. Ao voltar para a calçada, ele repara em um jovem que está de frente para a praia, observando muito concentrado as ondas e as estrelas que já começam a aparecer, sentado sobre uma toalha esportiva com fones de ouvido. Geralmente, o pessoal da região é conhecido de Jaca e da lanchonete de seu pai. Provavelmente é um turista.

Jaca volta para sua casa, na edícula da casa de seus pais, mas, antes que ele abra a porta, seu pai aparece correndo no quintal.

— Boa noite, André. Você pode entrar em casa um minutinho? Sua mãe e eu queríamos conversar contigo.

Quase nenhuma boa frase na vida dele começa com "Boa noite, André", mas a sequência deixa claro que ele realmente deveria ter se harmonizado mais antes de voltar para casa. De todo modo, não deveria ser nada trágico; por isso, não responde, apenas segue o pai e vai pouco a pouco abaixando a cabeça e curvando o corpo como se pudesse se encolher.

A conversa é a mesma das últimas sete vezes – ele está contando, pois, assim, quando disser algo como "já é a oitava vez que me falam isso", será apurado. Fica tão cansativo ouvir outra vez que ele nem presta atenção nos detalhes, somente vê a pintura descascada da parede da cozinha e a louça que sua mãe já substituiu duas vezes desde que ele se mudou para a pequena edícula com entrada pelos fundos. Ele observa a expressão tensa de seus pais; sua apreensão é três vezes maior que a deles, mas em seu rosto só há indiferença, o que os deixa ainda mais irritados.

No fim das contas, o que fica decidido é que Jaca, André, ou como quer que ele se sinta naquele momento, começará a trabalhar na lanchonete em tempo integral. Assim ele receberá um salário e poderá "fazer algo responsável", sendo produtivo e ocupado.

O TREINO DAS MENINAS

O SOL AINDA ESTÁ FRACO, mas o time já está em plena atividade. Conforme o dia vai acordando, elas vão fazendo flexões, abdominais, agachamentos e correndo voltas pela areia, as ondas já fluem pelo mar. As meninas estão em sincronia, mas os movimentos não são iguais. Algumas precisam fazer mais esforço para acompanhar o ritmo, algumas são um pouco mais graciosas ou delicadas. Aline tem certa graciosidade natural nos movimentos de seu corpo esguio, mas é agressiva na prática dos exercícios. Jéssica não tem tanto da graciosidade natural. Apesar de exalar feminilidade, ela carrega um pouco da sua vida bruta e muito da sua luta para ir até o fim. Suor, batimentos acelerados e músculos puxando não são nem de perto motivos suficientes para fazê-la pensar em parar. Ela vive sob o lema "a mente desiste antes do corpo", e geralmente só para quando o exercício acaba, pois seu corpo nunca lhe falhou.

Iara, por outro lado, é mais nova e tem menos prática. Tenta permanecer bonita e sorrir, como se cada movimento estivesse sendo registrado, mas sente-se um tanto traída por seu corpo. Qualquer pessoa que esteja assistindo ao treino a acharia uma boa atleta e uma bela moça. Mas ela se sente meio desajeitada, acredita que está se esforçando bem mais que as colegas para sequer parecer na média. O suor se estende por todo o seu couro cabeludo e já cobre boa parte de sua pele morena. O sol começa a se fazer sentir na pele de todas as meninas, que, na verdade, se esforçam o mesmo tanto que Iara e também sentem que deveriam ter melhor resistência, mas seguem treinando, cada uma do seu jeito, em meio à sincronia do time.

Felipe assopra o apito e anuncia que já está na hora de elas entrarem na água. Ele vai gravar o treino para que todos possam assistir e analisar depois. O treinador está bem satisfeito com o desempenho das meninas. Estava um pouco apreensivo se todas acompanhariam o ritmo, se seria demais para alguma delas, se alguém reclamaria. Mas até o momento todas parecem motivadas e com espírito de equipe. O time havia se formado entre as garotas do surf amador da praia e duas alunas da antiga escola onde dava aulas.

Ele escolheu treinar o time feminino, pois viu muito potencial ali e sabia que as garotas não tiveram muitas oportunidades. Sua equipe parece bem encaminhada por enquanto, mas campeonatos e viagens ainda são um risco. As meninas com menos experiência ainda precisam pegar ritmo; já Iara parece uma boa promessa: ele tinha visto sua fluidez na água e a vontade do esporte em seus olhos, mas a divisão de empenho por ela ter recebido propostas para ser modelo e o fato de ainda estar no colégio são fatores relevantes. Ela já não é menor de idade, mas sua mãe, assim como seu agente, ainda tem muito poder de decisão sobre ela.

As meninas que estão com ele desde o ano anterior continuam a apresentar bom desempenho. Aline tem potencial de vencedora. Ele sabe que ela está chegando ao seu ápice e, por isso mesmo, o momento é de total empenho, mas a garota tem uma forte sabotadora dentro de si, que geralmente se manifesta na forma de uma ladra de ondas, encrenqueira com as outras meninas do time ou da praia, e isso pode prejudicá-la. Parte do trabalho de Felipe é evitar isso.

Lígia e Yasmin continuam se desenvolvendo como no ano anterior, uma evolução lenta e gradual que deve torná-las boas atletas nos próximos anos. Carla e Liz tem altos e baixos, mas seguem constantes; a segunda tem momentos de pico em alguns treinos, mas não sabe dominá-los e reproduzi-los. Jéssica é quem sempre demonstra melhor preparo: ela tem uma força impressionante, assim como Carla e Liz, que apresentam mais disposição para treinar do que as outras meninas. Mas Jéssica é dona de um foco impressionante. Tecnicamente, não é a melhor surfista de seu time nem a mais graciosa. Seu objetivo são os tubos e as ondas gigantes. Felipe sabe que ela tem potencial para isso, já a viu nas praias da fronteira, mas fica apreensivo em deixá-la livre para as ondas que quer. Ela possui foco e força, só falha por ser ousada demais. A força das ondas e a quebra do tempo acabam sendo tão intensas que ela se esquece de ter cautela.

Jéssica e Aline têm pressa. A dupla dinâmica. Aline é conhecida como a Rabeiradeira — apelido que ele odeia, tanto pelo nome quanto por seu significado —, já que trai a confiança de suas colegas na água, o que ele considera grave. Felipe sabe, com seu olhar de professor, que ela não é má pessoa, que tem caráter, que esse comportamento que aparece de vez em quando é um reflexo de suas inseguranças, de seu processo de deixar de ser menina. Mas é algo que pode tirá-la de competições e até mesmo de times; por isso, tem que repreendê-la e, sempre que o faz, fica com medo de que ela não volte. Já Jéssica é conhecida como Yaíba, a tempestade na água; é a tradução do estilo dela. Desse apelido ele até gosta, ela é assim mesmo, quase um espetáculo quando acontecia. Ele só gostaria que ela canalizasse essa energia na constância dos treinos, e não apenas em momentos surpresas.

As meninas entram na água de três em três. O momento é de observar movimentos de pés, braços, quadris. Felipe se divide entre conferir a tela do fotógrafo, contratado para gravar os treinos, e passar instruções para as atletas.

* * *

Ao fundo da praia, meio escondido entre as árvores, sentado na grama, Matheus observa o treino. É a primeira vez que acompanha a totalidade de um treino de time feminino. Ele já havia participado de treinos com outros garotos, mas optara por ser free surfer. Não que não fosse competitivo, era muito, mas apenas consigo mesmo. Tinha pouca paciência com outras pessoas. Talvez esse fosse realmente o conflito, esse dividir que o time pedia, mas Matheus não conseguia dar. Queria surfar para si, não por medalha, não por prestígio, nem pela equipe. Não gostava de ter compromisso com mais ninguém. Viajar apenas na companhia de sua prancha era mais do que o suficiente.

Para ele, é interessante observar o treino das garotas. Além de mais organizadas e graciosas que o time masculino, também demonstram possuir uma força maior. Nota-se nelas um desafio que não existe apenas pela disputa e pela adrenalina, mas por uma conexão mais profunda com as ondas. É isso o que Matheus busca cada vez que entra no mar. Ele assiste ao treino quase como um ensaio de dança, ou talvez até o próprio espetáculo.

Uma das meninas é afobada. Quando alguém pensa em pegar uma onda, ela já está dropando. Surreal o quanto é rápida. Quase tanto quanto o fato de ser tão ladrona. Se alguém rabeirasse assim em seu território, já estaria sem prancha. Ela joga sujo, mas parece quase uma brincadeira. Só alguém muito inteligente e ousado poderia brincar dessa forma. Matheus vê nela sua match de prancha, uma pessoa com um espírito de time ainda menor que o dele. E ela não parece precisar disso, surfa bem. Talvez seja um sinal de desespero, de autossabotagem. Isso Matheus não teve tempo de reconhecer em si, com seu jeito caminhante, sempre mudando de direção antes de concluir qualquer coisa.

Ele vê força e união em um trio de garotas. Elas torcem umas pelas outras, cada uma com vantagens e pontos fracos. Pernas fortes e pouco senso de equilíbrio, boa visão, mas ritmo lento. E no final, quando aparecem as ondas desafiadoras, uma garota, que até então parecia mais distraída do que uma pausa no tempo, como se naquele momento nem vivesse ali, voa no pulso daquelas ondas, como se fosse ela que parasse o tempo. Ou talvez seja apenas a visão de Matheus, porque o técnico continua com sua rotina usual, assim como as outras garotas.

O treino chega ao fim. Felipe reúne o time, algumas meninas, ao saírem da água, dão uma alongada final, e muitas seguem em duplas ou trios para chuveiros e lanchonetes. Matheus permanece sentado ao fundo, observando. Ele repara que a ladra de ondas é pouco querida no grupo e que recebe olhares feios de outras meninas. Mas ela não parece ligar, caminha até a surfista que, na sua percepção, pausou o tempo, e as duas seguem juntas pela praia, conversando. Ele não consegue ouvir a conversa, mas não se importa. Os movimentos tomam conta, as pisadas na areia deixando marcas de pés, o jeito daquela menina de segurar a prancha, os movimentos rápidos ou lentos e as ondas ainda batendo ao fundo; ele nem repara quando os dois observam a mesma onda e não sabe que ambos pensam na sensação de surfar aquele pulso. É um momento que dividem no ar, seus campos energéticos sabem, mas suas mentes não. Matheus se levanta e começa a caminhar, seguindo a mesma direção da dupla de surfistas.

Depois que Felipe se retira da praia, Iara continua lá, sozinha, observando o mar e pensando se um dia será uma surfista de verdade, e não aquela café com leite cheia de potencial que conta com a boa vontade das colegas de time. Matheus olha para trás e vê a menina sozinha. Ela parece familiar, mas pode ser apenas parecida com alguém, afinal, ele já viu muita gente e, no fundo, todo mundo se parece com alguém. Não percebe que ela encabeça a nova campanha da marca de roupas de surf que ele compra.

SEREIA FORA DO MAR
—

Iara e suas amigas vão saindo do restaurante. Uma das amigas lhe dá um leve tapa no braço, surpreendendo-a.

— Olha só, famosa, hein? Surfista, representando marca.

Outra das meninas olha para ela.

— É, mas fica atenta, miga. Elas te reconheceram do shopping, não do teu branding on-line. É bom prestar atenção nisso.

Iara nem sabe ao certo como prestar atenção nisso, mas sente um pouco de vergonha em perguntar. Seu agente já comentou algo nessa linha algumas vezes, mas, como não se aprofundou muito, Iara nem lhe deu atenção. Ela volta para casa se sentindo envergonhada, mas pouco a pouco vai ficando orgulhosa de seus resultados. Quando entra em seu perfil no Instagram, vê dezenas de seguidores novos que vieram da foto da menina que a reconheceu no restaurante. Percebe, então, que a sua fã mirim possui bem mais seguidores que ela. Mas começa novamente a se sentir Iara, a modelo surfista. Ou seria a surfista modelo?

Enquanto reflete sobre suas prioridades na carreira, a mais jovem surfista do time da região caminha de volta para a casa de seus pais. Ela nota a lanchonete onde Jaca está trabalhando. Não o conhece direito, mas sabe que é amigo de algumas meninas de seu time. Pensa em pedir algo, pois está com fome depois de almoçar apenas uma minissalada, mas se lembra dos conselhos de suas amigas blogueiras e decide voltar direto para casa. Iara sabe que em seu quarto encontrará uma pilha de tarefas do colégio para fazer nos próximos dois dias; caso contrário, tem grandes chances de pegar recuperação. E ainda precisa se aprontar para o evento que tem à noite. Não consegue se lembrar do momento em que conciliar tudo isso pareceu uma boa ideia.

* * *

Do outro lado da praia, o surfista carioca sai da água já cansado de seu dia intenso no mar e vai até a lanchonete. Toma uma ducha e pede um cardápio. Jaca o reconhece.

— Opa, beleza? Como foi a prainha no outro dia?

— Maravilha! Valeu pela dica, brother! É massa mesmo, mas é uma trilha longa.

— Sim, isso é. Dessa forma, ela fica preservada, né?

O surfista apenas levanta os ombros, como quem diz que não sabe, mas, como ele tem a expressão um pouco séria, Jaca fica na dúvida se é sério, se é brincadeira, ou se o cara está entediado. Resolve apenas trazer o cardápio.

— Tu surfa? — pergunta o jovem.

— Só de zoeira — responde Jaca desconfortável.

— Te entendo, sou free surfer. Não tenho muita paciência pra isso de campeonato e tal.

Jaca tenciona o rosto.

— Já venho anotar teu pedido.

Quando o carioca termina de comer e pede a conta, Aline e Jéssica chegam para almoçar. Elas se sentam no balcão, pois não há mesas disponíveis. Aline nota que a mesa do free surfer está vagando e se encaminha para lá.

— Com licença, vou colocar a bolsa aqui, assim ninguém faz confusão com o nosso lugar — ela diz sorrindo para o garoto, que coloca o dinheiro na capinha da conta e a entrega para Jaca.

Jéssica chega para se sentar com a amiga e se acomoda na cadeira em que o rapaz estava sentado. Ele repara nela e tem vontade de voltar, mas desiste e segue rumo à sua hospedagem, porém antes olha mais duas vezes para trás, sem poder se controlar.

O free surfer caminha pela praia observando o pôr do sol. É algo sempre interessante de acompanhar, e ele gosta de reparar nas sutilezas de cada local que visita.

* * *

Conforme o sol vai caindo, o som vai aumentando e um luau começa a se formar nas proximidades da lanchonete. O evento tem palco com equipamento de som e mesa de petiscos e doces, aproveitando o clima de praia para uma confraternização de esportistas e investidores ali da região. Felipe convocou sua equipe, mas não foi exatamente um convite opcional.

Jaca consegue encerrar o turno a tempo de participar. Jéssica e Aline estão ali, então ele se aproxima da dupla.

— Foi liberado mais cedo hoje, André? — pergunta Aline.

Jéssica começa a rir.

— Eu nem lembrava que era esse o teu nome — diz a garota.

Jaca sorri, mas no fundo fica um pouco decepcionado.

— E tu, tá fazendo o que aqui?

Jéssica fecha a cara e volta a ser a séria tempestade que ele conheceu nos mares.

— Ordens técnicas.

— Entendi. — Ele se aproxima e coloca uma mão no ombro dela. — Mas já que estão aqui, que tal aproveitar?

Aline agarra os dois e começa a pular.

— Aeeee, luau!

O técnico do time olha feio para ela e os três começam a rir. Jéssica dá um empurrão em Aline.

— A não ser que seja para destruir a festa e mandar tudo à merda, eu prefiro continuar no time. Não preciso de repressão agora.

— Tem razão — diz Aline, escondendo-se atrás de Jéssica. — Eita, ele tá me chamando, vou fingir que eu não vi. Cobre pra mim, amiga.

No meio da conversa delas, Jaca vê o free surfer carioca do outro lado com uma bebida. Aline percebe.

— Gatinho. Tu conhece, J?

— Ele já veio comer no restaurante algumas vezes. Me perguntou sobre as praias.

O garoto, então, vê Jaca e se aproxima.

— Fala, brother, beleza?

— Opa! Curtindo a praia à noite?

— Eu tô no hostel ali na esquina, adoro o silêncio, mas é bom socializar de vez em quando.

— Tá certo.

Aline faz um som de pigarro com a garganta.

— Estas são minhas amigas, Aline e Jéssica.

— Prazer, Matheus. — Ele estende a mão e demora alguns segundos a mais no cumprimento com Jéssica, mas logo se afasta enquanto o treinador se aproxima.

— Aline, tu tá fugindo de mim ou criando uma daquelas brincadeiras que ninguém entende?

— Hum, segunda opção... e a Jess entendeu.

— Ah, então pode me explicar? — ele pergunta para Jéssica.

— Na verdade, o combinado era apenas ficar algumas horas no evento, sem falas em público, nem explicações — diz ela.

— Justo, mas preciso de sua amiga aqui um instante para conversar com alguns colegas.

Enquanto Aline é conduzida por Felipe, ela olha para Jéssica e move os lábios dizendo "me ajude" com uma expressão exagerada.

— O que foi aquilo, hein? — Jaca pergunta.

— Ossos do ofício. E qual é a do haole[1]?

— Matheus. Ele é um free surfer. Outro dia me perguntou de uns picos mais tranquilos. Falou que não curte muito campeonato.

— Saquei.

---

1. Haole: termo havaiano para indivíduos não nativos, geralmente brancos ou estrangeiros. [N. E.]

— Sacou o quê, mulher? Tu viu o cara três segundos. Se bem que aquele cumprimento demorou mais do que isso. Acho que tu tá colecionando admiradores interestaduais, hein, Jess?

— Ah, Jaca, me poupe.

— Ele tá olhando pra tu.

— Quem disse que não é pra tu?

— O meu cumprimento não durou cinco segundos com olhos brilhantes e suspiro.

— Eu vou ver a mesa de comidas — diz Jéssica, impaciente.

— A chance de um coco ficar me enchendo é menor.

Jaca aproveita a situação e vai cumprimentar outros conhecidos. De longe, presta atenção em Aline dando entrevistas para potenciais investidores. Ela começou séria e um pouco travada, mas foi se soltando e atraindo a atenção de todos com seu magnetismo.

Diante da mesa de comidas, Jéssica não acha nada que a agrade, então Matheus surge ao seu lado.

— Nenhuma boa opção?

— Não, pelo jeito.

— Pelo visto, tu não curte frutos do mar. Mas quem sabe o bolinho de cogumelos? — Ele aponta o prato. — Eu curti.

— Valeu — responde Jéssica, fazendo um gesto de recusa.

Ela repara em Matheus pegando um prato cheio e ele percebe o olhar.

— Eu sou vegetariano. E não tenho nenhuma vergonha em comer bem.

Ela esboça um sorriso, mas muda logo a expressão, pega um bolinho e come.

— É, até que é bom. Valeu pela dica.

Jéssica sai andando e Matheus fica confuso. Ele olha para seu prato com vários bolinhos e algumas castanhas, então decide ir atrás dela.

Jéssica está na frente da praia, em um deque, e Matheus se aproxima dela.

— Linda vista, até de noite.

— Especialmente à noite — ela diz sem olhar para ele, sentindo as ondas como sua própria respiração.

— Tu aceita mais? — ele pergunta estendendo o prato. — Acho que exagerei.

Ela sorri, mas pensa que seu único foco deve ser o surf e sair logo do evento, então nega com um gesto educado. Matheus come e fica olhando o mar. Jéssica cruza os braços, esse devia ser o seu momento sozinha com o mar.

— Tu surfa por aqui? — pergunta ele.

— O treino é geralmente na outra ponta da praia. Mas só das meninas. Por quê? Tu tá pensando em virar pro? Não odeia mais?

Matheus fica sério e apoia o prato em uma mesa.

— Escuta, eu não sei o que você ouviu, mas eu surfo. Eu gosto, só não me identifico em ter isso como compromisso, pagar, competir...

— Saquei, tu não me deve explicação nenhuma.

— Não mesmo.

— Eu tive a chance de surfar por conta do time. O esporte e as competições são definidores na minha trajetória, e eu aproveito cada partezinha disso. Levo tudo muito a sério, e isso apenas expande minha conexão com o mar. Inclusive, este evento é bancado pelos clubes, se tu não percebeu.

— Eu entendo... só...

Matheus fica nervoso e acaba não conseguindo formular as palavras. Ele nem olha mais para Jéssica. Ela dá um sorriso sarcástico e sai dali para se aproximar do mar. Com toda a confiança garantida pelo seu apelido, Yaíba, nome indígena para tempestade na água, contempla as ondas intensas enquanto pensa em seu sucesso nos tubos. Ela nem se importa tanto com os prêmios e o reconhecimento da mídia, o que lhe chama é a sensação incomparável de estar dentro da água, surfando naquele ambiente, flutuando, agindo com todo o seu corpo ao mesmo tempo. Jéssica suspira e, quando olha para trás, nota Matheus olhando para ela.

Ele desvia o olhar, tentando disfarçar o quanto estava encantado com a postura e a coragem dela. A garota é como um desafio daqueles que dá todos os indícios para você desistir, mas ainda assim o atrai para seguir além. Ela acaba deixando escapar um meio sorriso.

* * *

Iara chega arrumada ao salão do hotel que apoia o evento. Deixa os cachos soltos e usa um vestido florido de caimento perfeito para o seu tipo físico, que valoriza sua pele morena. Ela logo é abordada por alguns web-repórteres e youtubers que querem entrevistá-la ou tirar fotos com a surfista modelo mais bonita do estado. Ela sorri, mas rapidamente se cansa do assédio e então começa a disfarçar para sair de perto dos entrevistadores e supostos fãs.

Ela se aproxima da mesa de doces e encontra Jaca provando um de coco com chocolate. Ele percebe que ela está olhando em volta preocupada.

— Relaxa, eles não te viram dar a volta.

— Será? Parece que estão em toda parte, até dentro desses doces.

Jaca sorri.

— Mas tu não curte?

— Ah, sim... bom, eu não sei. — Ela franze o cenho confusa.

— Tudo bem, nem precisa me responder. — Ele pega mais um doce. — Mas, se tu quiser ficar mais tranquila, recomendo ficar ali no deque pequeno. Pelo visto, ali não tem gente fazendo entrevista.

— Ok, obrigada.

Enquanto Iara caminha para um local mais tranquilo, Jaca percebe que Aline finalmente foi liberada de seu processo enquanto representante da equipe e se aproxima dele.

— Tu tava conversando com a Iara?

— Não sei, esse é o nome daquela menina modelo do teu time?

— Bingo! — Ela dá um tapinha nas costas dele e descansa a mão ali. — Cansou?

— Ah, é que não é tão divertido quanto ser escorraçado por você.

Aline ri e abraça o amigo.

— E tu, tá se divertindo com as captações ali? — pergunta ele.

— O que eu não faço pelo esporte...

— Tá com fome?

— Morrendo, e preciso muito de uma bebida também. Mas alguma coisa decente, não esses coqueteizinhos de merda.

Jaca abraça Aline, virando-a na direção contrária de seu técnico, que vai falar com outra surfista.

— Tá certo, vamos atrás disso, então.

— Cadê a Jess? — pergunta Aline.

— Daqui a pouco ela volta.

Aline olha confusa para o amigo, sem se dar conta de que ele está animado em ficar um tempo sozinho com ela.

— Eita, Jaca. Onde é que ela tá?

— Sei não, Aline. Mas acho que ela não tá sozinha.

— Mas ela gosta de ficar sozinha. O que tá acontecendo? — Aline pergunta um pouco preocupada. — Ah, o cara do restaurante com sotaque carioca tá envolvido nisso?

Jaca não responde com palavras, apenas arregala os olhos em expressão de "grandes chances", e estende o braço convidando Aline a acompanhá-lo. Ela aceita e eles vão juntos, meio dançando. Para ela, é quase uma brincadeira; para ele, quase um momento de romance.

Cerca de meia hora depois, Jéssica vem se despedir de Aline e Jaca.

— E onde tu tava, gata? — Aline solta.

— Olhando o mar. Sabe como eu curto esse tipo de evento.

— Só ficou lá fora, foi?

— Evitando certas coisas. — Ela olha para ver se o técnico não está por perto.

— E tava sozinha, é?
Ela repara na expressão de Aline ao falar e então mira Jaca.
— Tu tem algum problema comigo?
— Lógico que não — diz ele, pegando suas mãos. — Para de ser tão desconfiada de tudo e aproveita o que a vida te traz.
— Eu não me lembro de ter pedido conselhos.
Jaca sorri, Jéssica sorri de volta, mesmo balançando a cabeça, e Aline sorri.
— Amiga, seja feliz. Tire uma folga, e não se zangue com Jaca, ele é meio mala, mas no fundo ele é legal.
— Tá certo, vou pensar no caso. Mas agora já tenho que partir. Boa noite pra vocês! — ela se despede dos amigos.
Quando Jéssica está prestes a sair do local, Matheus olha para ela na tentativa de se aproximar para se despedir, mas, quando dá o primeiro passo, Felipe se aproxima dela e a pega gentilmente pelo braço.
— Tô partindo já, Felipe. Boa noite.
— Então, Jéssica, espera só um instantinho, a professora Alice vai te esperar para a carona. — Ela o olha com a expressão de "eu sei o que você quer dizer com isso". — Tem uma pessoa que quer muito te conhecer.
— Não, a gente combinou.
— Não. Você combinou. E o técnico do time sou eu. Tu quer surfar tubo, não? Então, esses investidores estão interessados em bancar tua estadia e prancha nova. Pode vir mais, tipo campeonato internacional.
— Como eu sei que tu não tá inventando isso só pra eu ir lá?
— Não tem outro jeito.
— Tá bom. Mas se tu me enrolar, eu saio e vai ficar feio pra tu.
Ele a guia até um casal de interessados e a apresenta.
— Ivan, Carolina, esta é a Jéssica. A surfista de quem eu estava falando pra vocês.

PERFORMANCE PÓS-TREINO

Mais de duas horas se passaram entre o período de treino funcional e o surf no mar. Depois da análise dos vídeos, terão uma prática de yoga para encerrar o dia, mas, enquanto bebe os goles finais do segundo refil de sua garrafa de 900 ml, Aline se esforça para manter a postura. Ela sente as bochechas quentes do sol e do fluxo de sangue elevado dez minutos após o treino. Sente seus trajes grudados à pele, que, mesmo depois da ducha, ainda parece precisar de um banho, de preferência em seu chuveiro, com o sabonete de alecrim que sempre a deixa revigorada e cheirosa por horas.

Enquanto disfarça um bocejo e se segura para manter os olhos abertos, Aline nota a expressão repreensiva de Felipe, que a observa no vídeo tentando uma rabeirada que ele não tinha reparado na praia.

— Veja, Aline. Nós gravamos para ver como podemos melhorar. Não só na técnica, isso também vale.

— Mas tu viu que eu não fui — ela se defende.

Jéssica ri e olha para a amiga sentada do outro lado da sala de estudos do técnico. É uma casa bacana, onde acontece a escolinha para as meninas mais novas e os acampamentos para as manas que vêm de outras regiões ou ainda não sabem surfar. Jéssica já passou algumas noites ali para não perder treinos. Mesmo com seu temperamento selvagem, a expressão séria e a agressividade na água, ela é menos encrenqueira e sabotadora que sua amiga, por isso algumas meninas do time a respeitam.

Felipe olha para Jéssica.

— Não incentiva, não. Assim ela vai se prejudicar.
— Deixa disso, Felipe. Ela não foi. Tá melhorando, tá até gravado.

Eles continuam assistindo às gravações e depois se levantam para comer frutas antes de finalizar com a yoga. Uma das meninas, de feições nipo-brasileiras, cabelos trançados e estatura mais baixa, se aproxima da dupla dinâmica do time, fuzilando Aline com os olhos.

— Tá feliz? Tu me atrapalhou geral o desempenho hoje.
— Tá maluca, Liz? Eu nem cheguei perto de você.
— Tua ameaça de rabeiragem me tirou o equilíbrio. O Felipe viu.

Aline respira fundo. Jéssica termina de beber seu suco e interfere.

— Não vem botar a culpa nos outros da tua falta de força nas pernas. — Liz protesta, mas Jéssica continua: — E se a Line tivesse remado, ela dropava a onda que tu desperdiçou.

Liz bufa e sai olhando para o chão. Aline e Jéssica celebram com um "high-five". As mãos de Jess estão meladas da mexerica que ela descascou.

— Eita, Jéssica. Tu podia ter lavado as mãos antes disso, hein?
— Às vezes eu esqueço como tu é fresca.
— Na real, eu nem ligo, porque eu quero mesmo é um banho. E se isso é ser fresca, então eu sou, e com prazer.
— Mas pelo menos tu mora aqui perto, não precisa pegar mais de uma hora de ônibus.

Aline nem hesita.

— Fica lá em casa, meus pais não estão. Eu nem curto ficar sozinha.

Jéssica ri.

— Nossa, valeu pelo convite, que é mais pra você do que pra mim. Vou falar com meu irmão, fiquei de ajudar ele hoje.
— Tu ainda tinha que trabalhar hoje? — Aline ajeita os cabelos já quase secos, mas ainda com sal.

— Não é isso. É que o Sidney precisa de ajuda com física e, como eu gosto, combinei de ajudá-lo com os exercícios. Mas hoje ia ser difícil de todo jeito.

— Eu sei, vou capotar depois disso aqui.

— Na verdade, é porque eu chegaria muito tarde. Foi mais cansativo, mas eu até gosto.

Aline olha um pouco surpresa e coloca uma mão no ombro da amiga.

— Só tu, Yaíba.

Elas seguem para o treino de yoga, que deixa todas mais tranquilas, tanto física e mental quanto emocionalmente, limpando um pouco do campo de competição e frustração. A professora encerra a meditação final com um último mantra. Aline e Jéssica repetem mecanicamente, mesmo reconhecendo os benefícios da prática.

Dia encerrado, Aline pega suas coisas e se aproxima de Jéssica.

— Vamos?

— Vamos. Meu irmão falou que, se eu estudar meia hora a mais com ele amanhã, tudo bem.

— Sua dinâmica é estranha.

— Não é nada. Ele só tem treze anos. Eu que ofereci ajuda. Seu irmão nunca te ajudou na escola?

Aline se lembra de várias tardes de sábado estudando com Júlio.

— Já, só que o meu pai ajudou mais. Mas e teu irmão mais velho?

— O Cláudio ajuda mais no sítio, no máximo, dá carona pro Sidney não ir sempre a pé. De toda forma, ele nunca foi bom aluno, é melhor não ajudar mesmo.

— Vocês nunca foram muito próximos, né?

— Não muito. Algum motivo pra esse interrogatório? Faz parte do questionário de eu passar a noite na sua casa?

Aline ri.

— Foi mal, amiga. Foi só curiosidade mesmo. Tu conhece meu irmão, mas eu nunca vi os teus.

— Ah, é que o Sidney não gosta muito da praia, tu acredita? Mas vou ver se convenço ele a vir no domingo. Aula prática antes da prova.

— Pra ele ou pra você?

— Pros dois, ué. Que limitação.

* * *

Quando chegam em casa, Aline abre a porta e as duas ouvem um barulho na cozinha.

— Line, tu não disse que não iria ter ninguém em casa?

Aline olha para a amiga com os olhos arregalados.

— Disse. — Ela caminha cautelosa até a cozinha e é agarrada por um garoto um pouco mais alto do que ela. Aline dá um grito, Jéssica se aproxima e reconhece Júlio, que larga a irmã e a cumprimenta com um aceno.

— Oi, Júlio.

— Fala, surfista das ondas gigantes. Alguém aceita risoto de cogumelos? Na verdade, fica pronto em uns quinze minutos, dá tempo de vocês tomarem banho.

Depois de dezessete minutos, Aline sai de um banheiro cheio de vapor, com uma toalha na cabeça e uma roupa confortável.

— Tava boa a sauna? — Jéssica ironiza.

— Maravilha. Pode ir agora.

Em menos tempo que Aline, Jéssica sai do quarto com um vestido que tinha na mochila. Os cabelos, mesmo molhados, já exibem pequenas ondas. Ela tem o celular nas mãos. Aline sorri, aponta para a cadeira ao seu lado, e Júlio chega com uma travessa de comida quente.

— Pronto. Podem se servir.

— Line, então... se vocês não se incomodam... o Matheus me mandou mensagem e...

— E tu combinou de sair com ele? — interrompe Aline.

— Ele tá aqui perto, assim vocês podem ficar mais à vontade em família. Foi de última hora. Mas, enfim, eu posso dizer a ele pra marcar no domingo.

Júlio olha para Aline e ela olha para baixo antes de dar a resposta.

— Imagina, Jess. Vai encontrar com ele. Eu tô exausta de qualquer forma.

— Outro dia a gente combina de você provar meu risoto — Júlio diz. — Bom passeio.

Jéssica se levanta para sair, mas, quando já está quase sumindo de vista, Aline grita seu nome, fazendo-a se virar.

— Pega uma cópia da chave, assim tu não fica de fora se eu dormir.

— Valeu, mana.

Júlio serve os pratos generosamente, mas Aline o olha com repreensão e ele coloca uma porção ainda maior em seu prato.

— Assim é melhor — ela diz.

— Tu ficou chateada porque ela saiu?

— Não, é que nós quase nunca temos tempo fora do treino. — Aline come um pouco do risoto. — Nossa! Isso tá incrível! Onde tu aprendeu a cozinhar?

— Eu sempre cozinhei, já esqueceu?

Ela se serve rapidamente, comendo como se a comida fosse sumir em instantes.

— Eu sei. Mas isso aqui tá em nível de restaurante de alta gastronomia. Tu anda escondendo o ouro agora, brother?

— Não tô aqui compartilhando contigo?

— O que, aliás, me leva à questão. O que é que tu tá fazendo aqui hoje?

— Vim visitar minha irmã favorita.

Ela ri e quase se engasga.

— Eu tô quase cansada o suficiente para acreditar. Mas falando sério... — Ela faz um gesto para que ele complete a frase.

— Fiquei preocupado em tu ficar sozinha.

— Igual às outras oito vezes em que tu mal me respondeu as mensagens. Fala logo, peste!

— Bom, não é mentira. É trampo eu vir lá de longe de última hora, mas eu tenho folga amanhã e resolvi aproveitar pra praticar meus dotes culinários.

— Tu tá treinando pra chef agora? Porque tá totalmente aprovado, apesar das mentiras e piadas sem graça.

— Na verdade, não é isso. Eu tô estudando arquitetura mesmo.

Ela percebe a expressão apreensiva dele e sorri com o canto da boca, coisa de irmãos que conviveram por muito tempo e se entendem além das palavras.

— Tu quer impressionar alguém e me fez de cobaia!

— Tu se ofende com isso?

— De maneira nenhuma, pode praticar mais opções comigo, não precisa nem avisar antes. — Ela termina seu prato sem deixar nenhum grão. — Inclusive, na semana que vem eu tenho um intensivo na terça, vou voltar precisando de umas 5 mil calorias. Pode ir pensando no menu.

— Vamos fazer assim, eu mando um entregador pra você, desses de aplicativo de comida, aí tu paga a corrida de 50 km. Ou me visita depois do último treino da semana, porque meu fogão já vai ter voltado do conserto e posso preparar o que tu preferir.

— Então o fogão pifou lá? O que é que tu aprontou, Júlio?

— Nem mexi no fogão, tinha um hóspede usando.

— Sei. E essa menina, quem é? — Ela arqueia as sobrancelhas, ele também. Se fisicamente não parecem ser irmãos, os gestos denunciam.

Enquanto a conversa continua animada na casa da família Batista, Jéssica e Matheus passeiam pela orla noturna da ilha.

Eles caminham lado a lado, em silêncio. Suas mãos se tocam por um breve momento, o suficiente para que a respiração de Jéssica fique mais intensa. Ela quase trava, lembrando-se de seu único ex, com quem havia tido um relacionamento breve. Matheus percebe o movimento de retraída e fica constrangido, mas disfarça andando mais à frente e apontando para a lua, que está cheia, quase minguando.

— A lua mais linda que eu já vi.

— Quando foi que tu já viu a lua feia, Matheus?

Ela pergunta com seriedade e ele ri, lembrando-se de seus estudos do tempo não linear e a beleza da arte na natureza.

— Tem razão. Mas o que eu quis dizer é que ela está especialmente linda. Acho que a vista daqui, esse ar, a proximidade da praia... tudo faz ficar mais especial.

Nesse momento ele se aproxima dela e a abraça pela lateral. Jéssica deixa o peso de seu corpo se apoiar nele e os dois caminham alguns passos assim. Com os pés na areia, eles se viram de frente um para o outro, os rostos se aproximando no escuro iluminado apenas pela luz do luar e das estrelas. E então uma onda chega e molha seus pés. Eles sorriem e, enquanto Jéssica sente a água salgada, Matheus repara em uma concha de formato espiralado, geometria sagrada pura. Ele a pega e a entrega para Jéssica.

— Esta é uma das minhas formas favoritas.

— Certeza que nenhum bichinho vai sentir falta disso?

— Já tá lascada e não tem muito ermitão por aqui. Mas é tua pedida devolver.

Ela coloca a concha no pequeno bolso lateral do vestido. Um grupo de jovens passa rapidamente por eles e alguém comenta que já são quase onze horas.

— Onze horas? — diz Jéssica, afobada. — É melhor eu voltar.

— Por que a pressa?

— Tenho que pegar o primeiro ônibus amanhã. Prometi ajudar meu irmão nos estudos.

— Ok, eu ia te convidar pra mais uma volta lá no mirante da lua, mas posso te acompanhar até a casa da rainha do time.

— Ela é minha melhor amiga. Não fale assim dela.

— Tá certo. Mas tu precisa admitir que é melhor que o apelido que as meninas do time deram a ela.

— Horrível, apesar... — Ela diminui o volume ao pronunciar a última palavra e interrompe a frase. Às vezes é melhor ser legal do que estar certa.

— De ser verdade, não é? Assim como o que eu disse. Ela é rica e é basicamente a melhor surfista do time.

Jéssica se afasta e Matheus a olha confuso.

— E eu sou o quê, Matheus?

— Tu é uma força da natureza. Eu te vi surfando pouco, mas é bem impressionante quando tu se esforça.

— Quando eu me esforço? — Ela fecha a cara, tencionando cada músculo.

— Isso não pode ser uma novidade pra você, Jess. Tu tem uma natureza surreal, aguenta o treino melhor que qualquer uma, mas tem momentos em que parece que tu não tá ali por inteiro.

— E por que eu deveria ouvir a opinião de um haole feito tu?

— Eu não quis te ofender, Jess. — Ele tenta pegar suas mãos.

— Tu nem me conhece.

— E tu deixa?

Ela caminha à frente e vai se afastando.

— Eu preciso descansar que hoje o dia foi longo.

— Eu vou com você. — Ele aperta o passo.

— Tudo bem, aqui é tranquilo.

— Tu ficou muito ofendida com o que eu disse?

— Se é o que tu pensa, então tô bem. Boa noite, Matheus.

— Boa noite, Jess.

Matheus fica ouvindo o barulho do mar por alguns minutos, então conclui que não fez nada de errado e vai para o hostel.

* * *

Quando Jéssica entra no quarto, Aline, deitada, pergunta a ela se o passeio foi bom.

— Porra! Que susto, mana. Pensei que tu tava dormindo!

— Eu tava, até tu abrir a porta da sala — ela ri. — Brincadeira, eu tava cochilando só, sono leve. E ainda é cedo, o que houve?

— Nada de mais, eu quero descansar antes de voltar amanhã. Só isso.

As duas se deitam e Aline apaga a luz do abajur.

* * *

Por volta das 6 horas, Aline se levanta e vê Jéssica na varanda da sala. O sol está começando a nascer com raios bem suaves.

— É difícil perder o hábito, né?

— Essa vista é a mais linda. O céu vai ficando colorido.

— Dia e noite dividindo a tela, o amanhã virando hoje.

Elas observam a transição das cores no céu anunciando o novo dia.

Aline ouve um canto de passarinho e isso lhe transporta para anos atrás, quando as duas se conheceram.

— Oh, Jess, como é que tu fazia pra parar o sangramento antes de andar com as bandagens?

Jéssica fica confusa.

— Quê? — Então ela se lembra de uma conversa que tiveram. — Tu tá falando de quando a gente se conheceu? De onde tu desenterrou isso? E quem disse que fui eu quem se feriu?

Aline disfarça meio envergonhada.

— Só lembrei...

— Uma vez eu machuquei o pé em um coral. E usei a minha camiseta como bandagem. Nunca rasguei e amarrei um tecido tão rapidamente. Sorte que era roupa velha, que eu nem curtia muito — ela ri. — Na verdade, eu tinha pegado a blusa do meu irmão mais velho.

Enquanto Aline divaga entre passado, presente e projeções de futuro, ela olha para o lado e repara que Jess já está arrumando suas coisas.

— Já vai, mana?

— Infelizmente, eu não posso escolher os horários do ônibus.

— Às vezes eu sinto que a minha relação com o tempo é um grande conflito.

— Talvez seja excesso de ociosidade — ela sorri. — Ou de preocupação, né, Line?

Ela pressiona os lábios, mas não responde. No fundo, a falta de controle sobre o tempo deixa Aline mais nervosa do que ela consegue encarar.

NÃO LINEAR

O treino acabou e Aline está chateada. Felipe chamou sua atenção algumas vezes e disse que ela corria o risco de ser banida da competição. Ela está chateada por dentro, mas só expõe agressividade. Felizmente, Jaca está sempre ali para ela. E, ao contrário de Jéssica, que vive longe e tem muitas obrigações familiares, o garoto está por perto, com tempo disponível.

No fundo, ela sabe que o prefere como confidente. Jéssica costuma ser dura e brutalmente sincera, sem nem mesmo perceber, enquanto Jaca é mais gentil.

Só que desta vez ele não concordou com ela.

— Mas, Line, tu tava roubando onda.

— Não é esse o ponto, J. Ele me disse no outro dia que eu era uma das grandes apostas da competição. Eu treino como poucas meninas ali e agora fico de fora, "de castigo". — Ela faz aspas com as mãos e evita olhar diretamente para o amigo.

— Eu sei que tu precisa estar certa. Mas, Aline, repara como o que tu fez é perigoso e pega mal para o teu treinador.

— O que é que tu entende de surf, hein? Não sabe nem ficar em pé na prancha por mais de três segundos. — Ela se levanta irritada.

— Te ajuda em algo me ofender?

Ela vai se afastando, esboça um "não" com a cabeça e sente uma ponta de remorso por ser tão grosseira com quem se importa. Mas seu orgulho é ainda maior e ela vai embora bufando. Jaca continua sentado na mureta com vista para o mar por mais alguns instantes, observando o movimento das ondas. Por que é sempre tão difícil ter uma conversa com Aline? Quando ela parece dar um mínimo de abertura, de repente vem o vulcão. Ele já tinha se acostumado com o jeito explosivo da amiga, mas isso não significa que deve simplesmente aturar tudo o que ela faz, e menos ainda concordar com algo que acha completamente errado.

* * *

Na tarde chuvosa, em sua casa, Aline passa o dedo por sua lista de contatos. O nome de Jaca passa na tela, mas ela desce e acaba parando em Júlio. Quando se dá conta, já está ligando para o irmão.
— Line?
— Foi mal, Júlio. Apertei sem querer.
— Nossa, que bom falar contigo também.
Ela ri.
— Desculpa. Como estão as coisas por aí?
— Eu estava no meio de uma reforma no salão de eventos e parei só pra te atender.
— Nossa, assim parece até que tu me considera importante. Pode voltar pra sua reforma. A gente se fala depois.
— Agora que eu parei tudo, você precisa pelo menos me entreter por três minutos.
— Três minutos?
— É a quantidade mínima de tempo para uma conversa significativa.
— Tu inventou isso agora, ou tava guardando para a próxima pessoa que te ligasse?
— Eu pensei hoje pela manhã. Mas tu não vale o teste. A desconfiança fraterna é muito significativa pra valer de parâmetro. Bom, chega de enrolação, só me diga o que te fez parar no meio da tarde e apertar acidentalmente o botão do telefone no meu nome.
— Tu sempre precisa falar esquisito, né, Juba? Tá chovendo, eu tava olhando meu celular...

— Tu brigou com alguém, não foi? Deixa eu ver, Jéssica, Jaca, Júlio. Tu só conhece gente com J? Quem foi?

Aline ameaça falar algo, mas fica em silêncio.

— Pra me ligar, deve ter sido o Jaca. Se fosse a Jéssica, tu falava com ele, tô certo, ou certíssimo?

— Caraca, Júlio, se tem essa telepatia toda, eu não precisava pagar interurbano.

— Achei que tu estivesse na conta família do papai.

— Beleza, boa reforma pra tu.

— Maninha, eu sei que pedir desculpas parece muito pro teu jeito, mas puxa assunto com o cara, diz que falou sem querer. Não foi nada grave, foi?

— Eu... tu é assustador às vezes, sabe?

— Só te conheço melhor do que tu imagina. Vinte anos de madame comandante Aline não são pra qualquer um.

— Tão ruim assim?

— Nem sempre. Tenho certeza que ele vai entender. Qualquer coisa é só chamar. De preferência após as 18 horas.

— E tu é o super-herói, né? Tá adiando a reforma há quantos dias?

— Isso é outra conversa. E eu realmente tenho que ir, porque o reboco tá caindo.

JESS NAS ONDAS
—

Os passeios com Jéssica prometem ser o ponto alto da viagem de Matheus, não porque ele não fizesse programas aventureiros sozinho, afinal gosta de ficar em sua própria companhia e não precisar se preocupar com mais nada, mas Jéssica é diferente das outras garotas que ele tinha conhecido. Na verdade, ela é diferente das outras pessoas em diversos aspectos.

Durante o caminho todo até a praia da fronteira, ela praticamente não fala nada. E pela primeira vez desde que se lembrava, o silêncio deixa Matheus desconfortável, consciente de cada respiração. Ela tem aquela expressão séria, meio brava, que faz seus olhos brilharem num encantamento felino, com uma suavidade que só olhos muito treinados e nada melindrosos conseguem perceber. A a cada instante em que Matheus pensa em perguntar se ela está brava com ele, acaba virando a cabeça para o lado, querendo dizer alguma coisa que nem ele mesmo sabe o que é. Jéssica nem repara. O caminho, para ela, é apenas o vento batendo nos cabelos, as paisagens, seus olhos e sentimentos fluindo sozinhos, porque os pensamentos já estão para além da areia, nas ondas, no clima perfeito. Finalmente alguém tinha topado acompanhá-la até as big waves. É muito difícil achar surfistas ponta-firmes para isso, e ir sozinha não funciona. Ela sabe, porque já havia tentado.

Ao descer do carro, reconhecendo de imediato um de seus locais favoritos, Jéssica olha para Matheus pela primeira vez desde que haviam saído do centro da cidade, mais de meia hora atrás. Ele desce do carro e tira a camisa, deixando os cabelos castanhos ondulados brilhando ao sol, e ela percebe mais uma vez o quanto ele é bonito. Talvez o fato de ele estar ali com ela nas big waves o tenha tornado ainda mais atraente, mas Jéssica não se permite ser distraída. O foco é o mar.

— Quando tu quiser — ele diz sem muita emoção, pensando que havia imaginado o interesse romântico no convite.

Jéssica arruma sua prancha.

— Vamos aquecer. E não quero demorar nem mais um segundo, o cenário tá perfeito.

Matheus sorri com o entusiasmo de Jéssica e quase considera retomar uma carreira no surf. É envolvente vê-la se preparando para entrar no mar, com a pele bronzeada, os cabelos claros refletindo a luz solar, os olhos esverdeados...

— Ei, Matheus! — ela chama sua atenção. — Tá na Terra? Vamos? Tu pode pegar o jet ski ali.

— Beleza — diz ele, caminhando até o local indicado. — Pronta?

— Nasci pronta. Estava só esperando por isso.

— A sincronicidade? — Ele respira, deixando as palavras fluírem sem se preocupar.

— Oi? — Ela para um instante para entender.

— A coincidência significativa.

— Exatamente. — Sua expressão se abre inteira em entusiasmo. — Tu sempre sabe a coisa certa pra falar.

Ela sorri, ele sorri. Ela dá um tapinha no ombro dele.

— Vamos lá. Quero ver se tu me acompanha.

— Não apronta, hein, guria? — É quase uma fala perdida no vento. Ele sente reverberar a gravidade das palavras, mas deixa o mar levá-las embora.

— Deixa de ser covarde, Matheus. Chegando lá, tu vai ver se não vai pedir pra trocar de posto comigo.

Ele duvida. As ondas dali não fazem seu estilo, só topou o jet ski porque teve curiosidade e queria passar mais tempo com ela. A companhia de Jéssica é indefinível: às vezes ele sente uma conexão, uma atração, mas em outras tem vontade de se afastar. De qualquer modo, vê-la surfando é fascinante. Matheus consegue sentir a paixão dela por aquelas ondas grandes e bravas. Realmente se parecem com ela, a tempestade no mar. E a sintonia é impressionante.

Quando Jéssica começa, ele fica tenso, mas ri ao notar as peripécias da Yaíba na prancha. Ela é natural dali. Só que, ainda assim, o local não é para brincadeira. Cada segundo a mais que ela demora para subir, ele já ameaça ir até lá. E na sequência Jéssica emerge como uma sereia, parecendo sem fôlego, mas a expressão segue inabalável. Se não fosse o excesso de seriedade no rosto vermelho, ele nem acreditaria que ela tinha mergulhado metros abaixo de uma onda enorme.

A água brilha num tom de azul cintilante e Matheus se concentra em Jéssica, enquanto ela espera pela onda. Surfar no limite é uma coisa, ir atrás de ondas gigantes é outra – e bem ousada –, mas o surf de Jéssica é simplesmente perigoso. Antes de pensar a respeito, ele vai até ela e cerca sua prancha.

— O que tu tá fazendo? Tá me bloqueando!

— Faz uma pausa, Jéssica.

— Pra quê?

— Tu já passou muito tempo aqui. Tuas manobras são muito arriscadas e o vento já tá forte.

— Foi pra isso mesmo que eu vim. Agora sai do caminho!

Ele nota que ela já está cansada, respirando com dificuldade. Quando alguém fala grosseiramente com ele, Matheus em geral nem se dá ao trabalho de responder. Mas ela está alterada e, por algum motivo, ele se importa.

— Não saio. Guria, faz uma pausa, já estamos aqui tem quase uma hora.

— E o combinado não eram duas?

— Não direto. — Ele agarra a prancha dela em um movimento inesperado.

— Pode voltar! — ela reage. — Eu consigo carona.

— Jéssica, isso não é sobre voltar, é sobre tu entender o que são limites.

— Tu é meu pai agora? Eu sei bem o que são limites, Matheus! E, nesse caso, parecem coisa de gente perdedora, que desiste antes de concluir. Tu nem é meu treinador.

— Tu não tem solução, hein?

— Eu já descansei. Agora devolve minha prancha, haole.

Ele a libera meio a contragosto, vendo que na breve pausa ela já havia recuperado parte do fôlego e da força.

— Gata, tu me apavora às vezes.

— Ossos do ofício, free surfer — ela responde já se preparando para continuar.

As ondas não são tão altas quanto as que Matheus viu na Europa, mas algumas parecem mais intensas. Poucas pessoas se arriscam ali, e nenhuma com tanta garra quanto Jéssica. Ele consegue entender a adrenalina que ela busca, mas não compreende a completa falta de cautela. Jéssica não é uma surfista irresponsável; ela entende sua relação com a prancha, a água e todos os elementos que a cercam; não vacila em momento nenhum, não foge, apenas enfrenta; e é exatamente por isso que às vezes parece inconsequente.

Depois de mais três ondas, uma delas surfada lindamente, Jéssica sinaliza para Matheus e ele se aproxima sem julgamentos. Então a ajuda a subir e os dois voltam para a areia.

Jéssica se seca depois da ducha, agora está usando apenas um biquíni. Matheus não diz nada até ela se sentar ao seu lado e olhar na direção do mar. Ele olha para ela.

— Tu é sempre inconsequente assim?

— Desde quando viver o momento é algum tipo de crime? — ela responde sem olhar diretamente para Matheus.

Ele não consegue parar de olhar para ela e por um instante esquece a tensão que acabou de viver, acompanhando-a nas ondas.

— É assustador te ver no mar. Mas também é lindo. — Ele se aproxima. Agora é Matheus quem sente a urgência de viver o momento.

Com a respiração ofegante, Jéssica nota a presença dele ao seu lado e corresponde. Ela não costuma ser tão aberta a intimidades quanto ao perigo, mas é impulsiva com quase qualquer coisa, principalmente quando a adrenalina ainda domina o seu sistema. Os corpos estão tão próximos que os campos energéticos já estão mesclados. Jéssica é muito indomável para ser a garota de alguém, e Matheus, muito independente para criar amarras com facilidade. Não são almas gêmeas, mas estão conectados. E a cena física dos corpos jovens, atléticos e energizados sendo fisicamente atraídos um para o outro é quase tão bela quanto poder ver os campos energéticos interagindo entre positivo e negativo, yin e yang, sol e lua. Seus lábios se tocam enquanto Matheus calmamente conduz a dança e deixa Jéssica seguir com sua própria arte. Logo os movimentos vão se tornando mais ágeis, mais fluidos, e, assim como os grãos de areia são unidos, seus corpos se conectam.

Então alguns pássaros que planavam pela região começam a pousar bem perto do local onde estão sentados e, surpresos pelo movimento dos animais, eles decidem se levantar.

Matheus puxa Jéssica para cima e pega as coisas.

— Acho que é nossa deixa pra uma pausa para o almoço.

Ela concorda. Olha para ele sem dizer uma palavra, puxa sua nuca para mais perto e rouba um beijo estalado. Depois caminha até o carro. Matheus chacoalha os cabelos ainda molhados e retira um pouco da areia que ficou em seus braços e pernas. Então, respira fundo, recuperando o foco, e segue a menina.

Entrando no carro, ele beija uma das mãos de Jéssica.

— Tu gostaria de comer o quê?

Ela olha para o banco traseiro e não responde. Matheus fica esperando um retorno e sente-se ignorado. Então Jéssica olha para ele sorrindo.

— Que livro é aquele do lado da tua mochila?
— Ah, *Os Surfistas do Zuvuya*. É sobre uma viagem no tempo, de certa forma. Mas não como aquelas ficções que passam na TV, é sobre as ondas do tempo, os ciclos.
— Tu tem umas coisas muito curiosas, Matheus.
— Se você quiser, eu te empresto — ele diz tranquilamente.
— Agora, onde vamos comer?
— No caminho pro teu hostel tem um restaurante japonês bacana, o preço é bom e não vai estar cheio agora, topa?
— Adoro temaki, tendo opção vegetariana — ele sorri. — Me ajude com o caminho que ainda sou novo por aqui.
— Pode deixar.

* * *

Os dois almoçam juntos já em uma certa dinâmica de casal. Enquanto comem, perto de uma grande janela do restaurante, Jaca passa pela rua e repara em Matheus, depois reconhece a menina que está com ele e fica um tanto surpreso. Olha novamente e confirma que são eles. Então pega o celular para falar com Aline, mas acaba desistindo. Está desanimado e sem saber como falar com a amiga, por isso decide conversar em outro momento. Atravessa a rua refletindo sobre relações, seus amigos e conhecidos, e as decisões que anda tomando, ou as que não tem assumido.

Quando terminam a refeição, Matheus e Jéssica pagam as comandas separadamente e então ele a convida para um passeio perto do hostel.

— Eu só posso andar contigo até o ponto de ônibus. Fica a duas quadras daqui.
— É sério, Jéssica?
— Muito sério. Já são quase duas horas, eu preciso chegar em casa antes que caia o sol e ajudar meu pai. Meu primo só volta amanhã e eu combinei com ele. Não posso deixá-lo na mão.

Ele insiste.
— Só meia horinha, eu te dou carona depois.
Jéssica ri.
— Tu não tem ideia, Matheus. Amanhã eu tenho treino aqui na praia, posso te ver depois. Agora tenho que ir. Se tu quiser caminhar comigo até o ponto, ótimo. Se não quiser, tá tudo certo também.

Matheus decide acompanhá-la e os dois caminham de mãos dadas até o ponto, onde se sentam silenciosamente à espera do ônibus. São momentos que dividem na espiral do tempo. Matheus imagina os fractais dos minutos que passam juntos. Jéssica sente um pouco da conexão que os levou até o momento presente, mas a sensação é interrompida pela visão do ônibus que se aproxima.

— Minha carona chegou — ela diz, levantando-se. Seus cabelos balançam ao vento, que já não é tão suave e anuncia uma possível mudança de temperatura.

Matheus hesita um instante, mas se levanta. E, antes que ele faça qualquer coisa, ela lhe dá um surpreendente abraço de despedida, apertando bem o corpo contra o seu peito, braços enlaçando aquele instante para sempre em sua mente.

— Valeu pela companhia nas ondas. E no resto do dia.
— O prazer foi meu.

E, antes que ele possa fazer algum comentário sobre como ela era perigosa no mar, Jéssica se solta do abraço e complementa:

— Podemos repetir na semana que vem, se tu não tiver outros planos.

Ele não tem. Ela entra no ônibus quase vazio, e o motorista parte. Matheus se senta por alguns minutos, contemplando as ondas a distância. Então percebe que está fisicamente cansado e volta para o seu quarto.

Enquanto o ônibus percorre o caminho até o sítio, Jéssica conclui a primeira parte do livro emprestado. Está fascinada em saber que, além de toda a conexão que já sente pelo esporte e pela natureza, existe toda uma ciência energética que lhe conecta ainda mais com as ondas.

O CAMPEONATO

Com lycras, maiôs e vestidos, surfistas e acompanhantes andam por todos os cantos da praia central. Matheus tinha evitado todos os campeonatos no Rio de Janeiro e proximidades, mas acabara vindo parar nos mares do sul justamente na época da competição nacional. Ele está curioso para ver as meninas. Se todas forem boas no nível das surfistas locais, até que não será mal assistir.

Chegando à lanchonete, Matheus se surpreende com a fila e vê Jaca no meio das dezenas de pessoas que esperam para fazer um pedido. Ele parece precisar de ajuda, está suado, com os cabelos desgrenhados, esforçando-se para responder diversas pessoas de uma vez.

— E aí, brother, fluxo intenso? — pergunta Matheus, enquanto se aproxima para ajudar.

— Como nunca — Jaca responde ofegante.

— Mas isso é bom, certo? — Matheus pega um cardápio do balcão e o repassa a uma cliente.

— Para o movimento da lanchonete, sim. Para a minha sanidade mental, não muito.

Matheus acha graça.

— Quer que eu entregue as senhas e cardápios? Assim tu fica mais livre pra atender as mesas.

— É sério, Matheus? Teria que ver com meu pai se...

— Deixa disso, não ofereci por grana, me paga com um lanche.

Jaca sorri concordando e entrega as fichas na mão do novo amigo.

— Valeu. Eu já volto.

Quando Jaca está a caminho da cozinha para o único minuto de descanso que conseguiu desde a chegada à loja, Aline aparece esbaforida. Ela se apoia nele com as duas mãos, dissolvendo em um instante os dias que ficaram sem se falar.

— Começa em duas horas! — diz com os olhos arregalados.

— Calma, Aline. Respira. Tu tá pronta. E hoje é só a abertura. Tu nem vai surfar. — Ele segura os braços da amiga, servindo-lhe de apoio, e diz tudo com voz calma, porém firme. Compreensivo como de costume.

— Não faz diferença. Por que o Felipe ainda não falou comigo? Por que a Jéssica ainda não está aqui? Nenhuma das meninas do time fala comigo e já tem um monte de repórter e youtuber vindo me perguntar coisas, só que eu não sei responder nada.

— Vem comigo. — Ele a segura pela mão e a leva até a cozinha. Jaca corta um pedaço de manga congelada e entrega a ela, que pega meio confusa.

— É manga, pode pegar.

Ela saboreia a fruta e o geladinho a tira de seu foco de tensão central. Aos poucos, o sabor adocicado vai fazendo-a se lembrar das tardes de sol com os amigos. Enquanto a fruta vai se dissolvendo em sua boca, Aline respira. Jaca entende, pois é isso que ele faz quando está muito agitado no trabalho, por isso pega um pedacinho também.

Quando ela termina de engolir, Jaca lhe serve um copo de suco energizante com notas calmantes de erva-cidreira. Ela aceita e bebe quase a metade de uma só vez.

— Delícia! Valeu, Jaca.

— Tô aqui pra isso.

Ela sorri e o abraça com um braço só, segurando o restante do suco na outra mão.

— Mas agora preciso focar no trabalho — ele diz, caminhando rumo à saída. — Te vejo no luau.

Ela acena enquanto termina de beber o suco. Depois corre para a areia e vê Jéssica se aproximando. Ela a agarra, deixando a amiga surpresa.

— O que é isso, mana?

— É nosso momento!

Jéssica sorri com o ânimo da amiga e passa um braço ao seu redor.

— É o teu momento, Aline, esse campeonato é o teu estilo. Só não vai rabeirar, hein?

Aline faz uma careta seguida de um gesto de continência.

— Pode deixar.

— Não tô brincando, Line. Tu não precisa disso. Promete que não vai dar uma de rabeiradeira.

— Prometo, Jéssica.

— Não pra mim, pra ti mesma.

Aline respira fundo. Felipe se aproxima e as acompanha até o local do campeonato, dá algumas instruções, e depois se junta ao time e anuncia as escalas. Iara está fora da competição. Ela chega bem na hora do anúncio. Aline empatiza com Iara ao ver a expressão decepcionada da menina.

— Iara, tu faltou muito nos treinos, não consigo te deixar entrar agora — diz Felipe. — Mas continua convidada a nos acompanhar durante o campeonato, aprender com suas colegas e torcer junto. Espero que tu não entenda isso como um castigo.

— Não, eu já imaginava — ela diz, tentando disfarçar as bochechas vermelhas e quentes. — Desculpa decepcionar vocês.

— Não precisa de desculpa, só veja se consegue se comprometer realmente daqui em diante.

As meninas saem e vão arrumar maquiagem e cabelo para a festa. Aline e Jéssica caminham pela areia.

— Vou retocar meu cabelo e batom — Aline diz, balançando os longos cabelos com as mãos. — Tu vem?

— Já vou, Line — Jéssica responde dispersa.

— Ah, vai se encontrar com o Matheus? Casalzinho surfer.

— Sem rótulos, mana.

Aline levanta os braços em gesto de rendição, e as duas seguem a caminhada.

— Sabe que eu até fiquei com pena da Iara?

— Por quê?

— Ah, o Felipe só avisou ela agora, bem no dia.

— Bom, ela não veio nos últimos dois treinos, não responde às mensagens... E, também, sinceramente, ela não tá pronta.

— Mas ela não precisa ganhar — Aline diz e depois pensa um instante. Não tem certeza do que está falando. — É, talvez vocês tenham razão.

— Tu não tem nada que se preocupar, mana. Ela não levou a sério. Mas tu tá na água toda hora.

— Não que nem tu.

— É porque é nas ondas que eu me realizo. Todo o tempo que eu passei trabalhando lá no sítio foi só ensaio pra estar aqui, com a prancha e o vento no mar. Quando entro na água, eu não penso em mais nada. — Ela coloca um dedo na testa de Aline. — Tu podia sair um pouco dessa cabecinha e sentir as ondas, deixa o resto para os dias de chuva.

Aline fica sem palavras.

* * *

Na entrada do evento toca música caribenha e elas acham graça. Enquanto Aline vai se aprontar, Jéssica caminha até o ponto combinado com Matheus. Ela não curte os eventos e prefere passar o menor tempo possível ali.

Matheus observa as ondas quebrando com força na ponta da praia. Jéssica se senta ao seu lado no montinho de grama. Ele sorri notando sua chegada e se aproxima, passando um braço ao redor da garota, que está fascinada com a ressaca do mar.

— Incrível, né?
— É, olhando assim. Mas tu não pensa em ir lá, né? — A demora da resposta o deixa apreensivo. — Jéssica?
— Tem surfista lá, olhe.
— É, mas é loucura.
— Final de tarde, sol se pondo, maré baixando, friozinho, é loucura.
— E também porque a ressaca é imprevisível. O pessoal do campeonato devia ter pelo menos esperado a lua nova encerrar.
— Mas a minha melhor época pra estar na água é durante a lua nova.
— Já vi que é melhor a gente mudar de assunto. — Ele se levanta. — Quer dançar? Parece que agora estão tocando forró.
— Eu não sei dançar muito bem...
— Eu conduzo. Tu tem ritmo que eu sei, tá tudo certo. — Ele estende a mão e Jéssica o acompanha.

* * *

De longe, Aline observa a amiga dançando com o haole, que já é quase de casa depois de algumas semanas, e sente vontade de dançar com alguém. Ela olha para o lado e vê Jaca, mas parece que ele está tirando fotos. E com a Iara. Irritada, ela caminha a passos pesados até a mesa de comidas e pega um sanduíche.

Enquanto dá uma mordida agressiva no pão, Jaca se aproxima e se serve de aperitivos.

— Bonita essa mesa de comidas, hein? Ainda bem que não é concorrência.

— Tu nem curte trabalhar mesmo!

— Nossa, que frieza nem parece a menina assustada que veio na minha cozinha hoje de manhã.

— Tu não ia vir direto pra cá?

— Eu só troquei de roupa antes.

— É, e tava tirando foto com teu pai agora?

Ele para um instante, compreendendo a situação e respirando aliviado.

— Tu tá brava por isso? Quando eu cheguei no salão, a tua colega, a Iara, tava tirando foto para um site, e pediram para aparecer mais gente. Falaram que não tinha problema não ser surfista.

— Até porque ela não é.

— E me chamaram para um trabalho com cachê. Tu sabe que eu tô buscando sair do restaurante. Mas eu nem demorei, Line.

— Ele para um instante e sorri irônico. — Ou tu tá com ciúmes?

— Me poupe, Jaca. É que a Jess tá ocupada e eu tô sozinha.

— Agora não tá mais.

Ela deixa as palavras reverberarem enquanto termina o lanche e fica pensando se seria capaz de ter ciúmes de Jaca, mas um ciúme que não fosse só de irmão, porque quando ela vê outras garotas com Júlio é diferente. E ver Jéssica acompanhada é diferente. Mas ela não imagina Jaca de uma maneira romântica, eles já são íntimos demais como amigos.

* * *

Enquanto dança com Matheus, Jéssica percebe uma conversa de alguns rapazes. Estão combinando de sair cedo e fazer um tow-in (uma técnica em que o surfista é levado até as grandes ondas por um jet ski) antes do fim da ressaca, mas um deles parece apreensivo. A música é interrompida para um anúncio, e Matheus se oferece para pegar bebidas. Jéssica aproveita para se aproximar dos rapazes.

— Oi, Jéssica — um deles a cumprimenta.

— Oi, Guto, Lino. Animados para o tow-in?

O garoto de olhos amendoados e descendência coreana aponta para o amigo bronzeado de cabelos compridos.

— Sei não, guria.

— Escuta, a ressaca já tá passando e logo mais a lua muda. Se vocês toparem ir amanhã antes do campeonato, eu revezo contigo, Guto. Vocês têm carro, certo?

Dessa vez é o garoto sem experiência que anima o amigo.

— Bora lá, Guto. Assim eu posso conseguir um vídeo irado pro canal. Se tu não quiser surfar, eu gravo ela.

Jéssica concorda.

— Combinado, então. Vejo vocês aqui às 5h30. Não se atrasem! — diz ela caminhando de volta à pista, onde encontra Aline.

— Tu acredita que vou surfar quase de tarde?! — pergunta a amiga. — E talvez nem seja amanhã, porque a ressaca ainda pode estar perigosa.

— Que pessoal mais exagerado.

— Mas eu prefiro não surfar na ressaca mesmo. Tenho mais controle nas ondas habituais.

Jéssica se mantém em silêncio.

— Vamos tomar um suco? — sugere Aline. — Preciso me acalmar um pouco.

— Só um pouco — Jéssica ri.

Elas caminham juntas até a beira da praia e pegam água de coco que está sendo servida em copos com o logo do campeonato. Aline busca calma em seus pensamentos; Jéssica admira as fortes ondas que o vento produz.

O OLHO DO FURACÃO

As ondas são gigantes. Certamente não tão gigantes quanto outras que Jéssica já viu e que até já surfou em suas poucas viagens pela costa brasileira. Mas ali naquela praia quebram algumas das mais desafiadoras. E os olhos da surfista não precisam de mais do que um vislumbre da água salgada para entender o fluxo como uma espécie de missão. Não é uma praia de fácil acesso e nem sempre é permitido entrar ali. Quando não há vento, as ondas não se formam com a magnitude ideal, e quando o tempo está fechado, não é possível chegar até ali. Mas existe uma improvável combinação, no período pós-tempestade, durante a lua nova, em que o vento colabora e a água está só no mar, não mais vindo do céu, durante a qual as ondas se fecham em circunferências perfeitas. Jéssica sonhou tanto com esse momento que custa a visualizá-lo à sua frente.

Ela treinou para isso. É como se uma parte dela sempre soubesse o que queria. Faz tanto sentido que seu corpo inteiro reconhece o desejo.

A vista do mar é simplesmente sublime. A maioria das pessoas não teria coragem nem de se aproximar daquelas ondas que Jéssica encara como um convite. A adrenalina corre em suas veias, mesmo sem o seu corpo estar se movendo, como a força de uma música cheia de sentimentos, que não se pode explicar em palavras, por mais poéticas que sejam.

E Jéssica nunca foi de se preocupar com explicações, por isso mesmo resolveu ir sozinha, a não ser pela companhia de dois garotos do time masculino para dirigir o jet ski. O misto de curiosidade e vontade de evoluir move um deles, um pouco menos experiente que Jéssica, a topar a missão. O outro, um youtuber aspirante a surfista, vem assistir e registrar as manobras para estudar depois, ou ficar famoso com os resultados dos vídeos. Afinal, Jéssica está bem cotada no campeonato internacional, e ninguém mais na região terá aquelas imagens.

A garota sente que seus batimentos cardíacos se fundem com o fluxo do mar. Ela sempre achou que era mais da água do que da terra, e ali está uma ótima oportunidade para vivenciar sua energia mais profundamente. No fundo, Jéssica não está ali para ganhar um campeonato, ou levar títulos e receber elogios. Ela não se importa em saber que é melhor do que alguém, nem sente qualquer necessidade de provar que é capaz de realizar algo improvável. Só quer se provar para si mesma e expandir aquela sensação de infinidade que só consegue sentir quando está surfando.

Jéssica alonga seus músculos de maneira ágil e olha para o parceiro designado para a aventura.

— Pronto para o olho do furacão?

— É esse o nome dessa manobra?

— É como eu gosto de chamar, mas seria a primeira vez, oficialmente.

— Bora lá, Yaíba.

Ela sorri meio desconfortável em ouvir um desconhecido pronunciar o apelido que ganhou da amiga, mas, ao mesmo tempo, um sorriso com os olhos e o coração, entregues à pulsante adrenalina de quem está prestes a concretizar o impossível, realizar um sonho absurdo que estava finalmente nascendo de um impulso teimoso e fugitivo.

A garota então mergulha como se já fizesse parte da água, seu corpo sabe intuitivamente o que fazer e sua mente já aprendeu a entrar em modo foco total. Nesse quesito, Jéssica é impressionante. Seu parceiro fica um pouco intimidado com sua força. Ele nota que, ao se aproximar das ondas gigantes, é como se ela se tornasse maior. Jéssica não tem mais o corpo de uma garota de 23 anos, com pouco mais de 1,65 m de altura. Agora possui a dimensão da onda que a espera. E então ela entra na maior onda que ele já viu em toda a sua vida.

Jéssica sente a água revolver seu campo, com plena consciência do espaço que ocupa. É o sentimento mais lindo que já sentiu. O tempo está parado, é exatamente como ela imaginava em seus sonhos, como se o espaço atingisse outra dimensão ali dentro, como se só existissem ela, a onda, a água do mar e a prancha. Nada mais existe, só a energia, e ela é capaz de ver essa energia, de ser a própria energia.

A onda se aproxima para tomar conta da praia, a magnitude da manobra é deslumbrante. Jéssica se esquece do surf, se esquece do tempo e fica ali na onda. Jéssica tinha que pegar aquela onda, e aquela onda tinha que pegar Jéssica.

A tempestade na água surfou o olho do furacão.

DEPOIS DA ONDA GIGANTE

É o maior acontecimento do campeonato, ninguém na região jamais tinha surfado uma onda como aquela. Tanto pelo tamanho da onda, para uma praia brasileira, quanto pela ousadia e técnica na arte de dropar. Possivelmente, Jéssica havia criado um recorde. Não é assunto do campeonato, mas por trás das telas é o tópico principal.

Ainda assim, o feito não foi parte de nenhuma bateria, até porque aconteceu em uma praia que não era cenário da competição. E isso coloca Aline em uma vantagem que lhe rende o segundo lugar.

Podia ter sido o primeiro se ela não tivesse parado no tempo durante metade da bateria e deixado de pegar algumas ondas. Passou perto de rabeirar na frente dos juízes e ser desclassificada. Mas Aline não é mais a mesma, nada mais é o mesmo.

Ela não sabe ter 20 anos, não sabe lidar com campeonatos grandes e decisivos, há um tempo que já não entende mais sua amizade com Jaca, e, acima de tudo, não sabe existir num mundo onde o surf era estrela, onde as ondas eram fartas, e onde Yaíba não estava mais na água com ela.

O segundo lugar no campeonato nacional a qualifica para treinar fora, como sempre sonhou. Mas que sentido tem aquilo? Qual é a certeza de que ela não irá rabeirar na primeira chance, ou num dia entediante da segunda semana de treino? A treinadora gringa não seria como Felipe, ela seria expulsa e ficaria mal falada.

Depois de pegar seu troféu, Aline se esquece de sorrir, tira fotos de forma quase mecânica e, dos três repórteres que se aproximam para uma entrevista, ela responde a apenas um.

— Valeu pela torcida. Eu só fiz o que eu sei fazer. Se quiserem, podem conversar com meu técnico ali — ela aponta para Felipe.

Ela combina que responderá mais questões por e-mail, caso tenham interesse. Seus pais tiram uma foto com ela. Com as mudanças de horário e bloqueios na estrada, Júlio não conseguiu chegar a tempo e mandou parabéns por mensagem. Eles ainda não haviam conversado nos últimos dias; na verdade, depois da festa de início do campeonato, ela não tinha conversado com ninguém, nem sabe como fazer isso.

Seus pais lhe dão um abraço cumprimentando pela vitória.

— Agora, próximos passos, né, filha?

Ela acena concordando com seu pai. Sua mãe afaga seus cabelos.

— Aline, as coisas acontecem mesmo. Boas e não tão boas. Sei que este momento é difícil pra você, mas com o tempo as coisas passam.

Frases como aquela assustam Aline, ela não quer que as coisas passem, quer que sejam, que existam.

— Se precisar, a gente te leva amanhã. — Aline assente com a cabeça. — Estaremos na loja. Qualquer coisa, ligue.

* * *

Na manhã seguinte, Aline arruma sua bolsa e caminha até seu carro. Jaca está esperando. Eles vão buscar Matheus no hostel para irem até o sítio. Aline não sente nada, como se seu corpo nem tivesse ossos. Caminha até o carro sem olhar diretamente para Jaca e lhe entrega as chaves.

— Tu pega estrada?

— Tem certeza? Eu não tô acostumado com seu carro e... — Ele nota a expressão apática no rosto dela e desiste de terminar a frase. Pega a chave e abre a porta do motorista.

Aline abre a porta do carona e se senta ao seu lado, entretida demais com o cinto de segurança para notar que, antes mesmo de sair da garagem, Jaca já estava quase raspando a traseira do carro no muro. Mas isso o faz se concentrar e esquecer temporariamente do destino.

Diante do hostel, quase à beira-mar, Matheus aguarda sua carona enquanto lê a energia do dia em sua bússola de tons lunares e selos solares.

ALINE?
―

O caminho de carro até as terras da família de Jéssica parece infinito. Aline evita olhar para a paisagem. É como se houvesse uma magia de medusa do lado de fora. Ela está com medo. Assim como Jaca e Matheus, Aline busca se distrair com a música do rádio, mas não é possível.

— Será que dá pra desligar esse som de merda? — Ela se surpreende com a própria fala. — Desculpa. Pode abaixar um pouco?

Jaca diminui o som.

— Assim está melhor?

Ela acena que sim com a cabeça e evita olhar diretamente para ele. Respirar parece um exercício mais difícil do que quando ela corria vinte voltas no treino.

Jaca segue no volante por mais de uma hora de estrada até que eles chegam a uma estradinha não pavimentada.

— Deve ser por aqui.

A estrada faz o carro balançar, subindo e caindo em buracos, movimento que Jaca acompanha com o corpo, como se ele próprio estivesse passando por ali. Aline olha para o amigo. Normalmente ela teria vontade de rir, ou socar o braço dele e fazer algum comentário que seria normal para ela e meio maldoso para quase qualquer outra pessoa que ouvisse, mas naquele instante ela só consegue apertar o maxilar e abrir bem os olhos como que dizendo "vai logo!".

— Desculpa, Aline, a estrada é um pouco mais esburacada do que eu esperava.

Ele se prepara para a resposta grosseira da amiga, mas ela não fala nada, apenas se vira e começa a olhar pela janela. Matheus, que parecia estar em outro mundo até poucos minutos atrás, é quem lhe dá uma resposta.

— Só segue o caminho, brother. O carro é feito pra isso mesmo. E a gente já deve estar quase chegando.

Depois de mais alguns minutos de sofrimento ao volante, os três enxergam um espaço que abriga uma espécie de confraternização. Eles notam outros carros estacionados e decidem parar. Matheus é o primeiro a descer.

— Vamos? — Ele fecha a porta traseira, olha em volta como em qualquer destino de suas viagens e coloca seus óculos escuros, evitando olhar diretamente para o sol forte. É a primeira vez que faz isso ao longo de seus mais de dois meses de mochila nas costas. Ele não reconhece nada, é melhor assim. Então espera do lado de fora, sério e indecifrável, mais parecido com Jéssica do que qualquer um teria imaginado nas últimas semanas.

Jaca abre a porta do motorista, desliga o carro e retira a chave. Mas, quando está prestes a sair, olha para o lado e vê Aline grudada ao banco. Ela não se movimenta. A tristeza dela o abraça e qualquer esboço de palavra que ele poderia imaginar vai embora pelos ventos daquelas terras desconhecidas.

Aline não percebe Jaca até que ele realmente se aproxime e toque suas mãos. Os dedos dela deslizam pelos dele sozinhos, pois nenhum dos dois está realmente racionalizando nada naquele momento. O instante apenas flui.

Uma lágrima escorre veloz e consistente pelo rosto de Aline e os olhos de Jaca a acompanham. É a primeira vez que ele fica chateado pela pessoa que está na sua frente e pela que não está ao mesmo tempo. Em um impulso que jamais saberia explicar, Jaca se aproxima de Aline e a envolve em um abraço que traz a força não apenas de seu corpo físico, mas de todo o campo energético que já seguia em conexão com o dela há tempos. E talvez seja por isso que ela não apenas não o afasta, mas realmente participa do abraço, envolvendo-o de volta. É tão diferente de qualquer coisa que Aline já fez, que nem parece real. Mas nada parece real àquela altura. Seus olhos se fecham como se não suportassem a luz nem por mais um segundo e seu rosto se molha de sal.

— Eu não tinha ideia de que era tão longe — diz Aline, soluçando. — Eu sabia que era longe, eu sabia que ela era esforçada... mas eu não tinha ideia de que era assim. Por que eu nunca soube que era assim?

A pergunta parece exigir uma resposta. E, diferente do que Aline dizia para si mesma, sobre ser uma pessoa egoísta e uma péssima amiga, Jaca responde de um modo tranquilo, apesar de triste.

— Porque ela nunca deixou ninguém se aproximar demais.

Aline se desprende do abraço e enxuga o rosto vermelho.

— Eu devia ter me esforçado mais.

Jaca seca os próprios olhos e a encara, segurando gentil, mas firmemente, seus braços.

— Não iria mudar nada, Line. Tu podia ter tido uma noção melhor desse lugar, mas seria só isso.

Ela respira fundo, assoa o nariz e coloca a mão na maçaneta da porta, mas, antes de puxá-la, volta a olhar para o amigo.

— Obrigada por estar aqui comigo. Tu sabe que eu sou grosseira, mas eu te amo, né?

Ele sabe de que tipo de amor ela está falando, e naquele momento é suficiente. Estar ali é o bastante. Não é o que nenhum deles gostaria, mas a vida tem desses fluxos.

* * *

Os pais de Jéssica são um casal simpático. Têm um sotaque interiorano mais carregado que o da filha, a pele queimada e seca de quem trabalha sob o sol, estatura mediana, e parecem mais velhos que os pais de Jaca e Aline, e o são, mas não muito; na verdade, aparentam mais. Além deles, estão ali um irmão mais velho e um mais novo, além de vários primos do município. Aparentemente, todos os presentes trabalham no sítio, ou no mercado, ou no restaurante da região, exceto a surfista.

Jaca não para de pensar em como a escolha pelo surf devia ter sido difícil para Jéssica, e sente crescer sua admiração pela amiga das ondas gigantes. Matheus, por outro lado, observa o carinho que os membros daquela família nutriam pela jovem – a garota que, mesmo com seu jeito explosivo e teimoso, não os deixou bravos, apenas de coração partido.

Aline não consegue encarar ninguém diretamente. O olhar do pai de Jéssica é difícil, todos parecem arrasados, mas, ainda assim, prontos para enfrentar os dias que virão. Jéssica seguirá com eles em suas memórias e afetos. Aline é capaz de sentir a compreensão deles. A amiga fez o que sentiu que devia ser feito, e a família soube respeitar sua escolha. O menos conformado é o irmão mais velho, irritadiço, respondendo atravessado sempre que alguém lhe dirige a palavra e chutando todas as lixeiras por onde passa. Vendo-o, Aline sente vontade de ligar para Júlio. Seu irmão e Jéssica nunca foram próximos, mas, se Aline dissesse que precisava de apoio, ele viria. Jéssica tinha sido um pouco como uma irmã para ela nos últimos tempos, e a presença de seu irmão não mudaria isso, mas podia ajudar a aliviar um pouco as coisas.

Ela tenta se afastar das pessoas e ligar para seu irmão, mas o sinal não está bom. Felipe se aproxima dela. Eles não dizem nada, nem se olham direito, apenas trocam um abraço um pouco mais longo do que um cumprimento comum. É estranho para ela ver seu técnico assim triste, ele sempre foi um sujeito tranquilo, mas sério.

Ela tenta mandar uma mensagem para Júlio, mas o envio não se completa.

— Merda de sinal! — Ela bufa enquanto aperta o aparelho com força. O celular deixa seus nervos à flor da pele. Então uma mão esguia, com unhas bem-feitas, se aproxima oferecendo um aparelho moderno e cheio de glitter.

— Quer usar o meu? — Aline olha para o lado e vê a dona do celular. Iara, a surfista café com leite. — Pode pegar, minha antena é boa. Tem sinal fraco, mas tem.

— Tudo bem, não era urgente — Aline recusa, olhando para o chão de terra batida.

— Eu não me importo. Se precisar, pode usar.

Aline apenas gesticula que não precisa. Iara fica um pouco encabulada, pois já estava se sentindo encanada por ter ido até lá. Oficialmente, já não faz parte do time e nunca havia realmente conversado com Jéssica. Ela se aproxima de Aline, que olha para o chão e aperta os braços contra o peito.

— Sabe, eu nem conhecia ela direito.

— Acho que ninguém conhecia ela direito — Aline diz irritada, ainda olhando para o solo e se sentindo um desapontamento em forma de menina.

— Eu meio que fui surfar por causa da Jéssica. Quer dizer, eu fui porque o Felipe me convidou para a escola, mas a Yaíba era a minha maior inspiração. Sem ofensas.

Aline finalmente olha para Iara.

— Nenhuma. Ela era a minha inspiração também.

— Tu sabe que é uma excelente surfista, mas a ousadia dela, aquela coragem nas ondas, era incrível. Ao mesmo tempo em que eu queria surfar como ela, a cada treino eu tinha vergonha de estar lá porque não chegava nem perto.

— Teu surf é bom. Tu só precisa se dedicar mais.

— Na verdade, eu nem sei se quero isso pra mim. Porque não era só a técnica, sabe? A entrega, a vontade dela de estar ali, eu não sinto isso. Eu só queria compartilhar. Desculpe se fez te sentir pior.

— Não, foi o contrário. — Aline esboça um meio sorriso, e mais lágrimas, que ela nem tinha percebido que estavam ali, escorrem por seu rosto. Ao secar os olhos vermelhos, eles encontram os olhos molhados de Iara. Jaca se aproxima das meninas e abraça Aline, então Iara se despede deles.

— Parabéns pelo campeonato — diz ela.
— Foi só o segundo lugar.
— Foi incrível. Não sei de onde tu tirou força, o Felipe não errou contigo.
— Valeu, Iara. — Aline respira melhor do que respirou ao longo do dia. — Espero que tu encontre a motivação dela na tua vida.
— Grata, até mais — diz Iara, acenando.

Matheus se aproxima da dupla.

— Me avisem quando quiserem partir. — A seriedade dele pesa no ar como se causasse uma rachadura profunda e longa. Matheus tinha se mostrado um cara aberto desde que chegara à cidade, mas ali está duro e fechado, como se uma muralha o cobrisse.

O relacionamento entre Matheus e Jéssica havia sido breve e informal, mas aquela sequência de fatos o está esbofeteando muito mais do que o jovem se via preparado. É o primeiro momento em sua viagem, ou talvez em toda a sua vida, que ele percebe que não é tão ancorado, nem tão espontâneo como se via. E, infelizmente, não há ninguém próximo que possa realmente ajudar.

No fim do dia ele é apenas o garoto que estava ficando com a surfista perigosa, o viajante free surfer que passou um tempo com membros do time feminino e foi acompanhar o campeonato.

Eles não haviam sido um casal propriamente, e tinham se conhecido há pouco tempo, mas Jéssica causou um impacto muito forte nele. Matheus se pergunta se ela tinha sentido o mesmo. Também se questiona se aquilo tinha alguma importância diante da realidade que está à sua frente naquele momento.

Os três entram no carro em silêncio. Jaca coloca um som suave, olha para o lado e Aline lhe sorri por trás dos olhos inchados. Ele retribui. No banco de trás, Matheus se esconde com seus óculos escuros e dirige sua atenção para o aparelho de celular, que usa para se distrair pesquisando voos para o Rio de Janeiro, sem saber se quer voltar assim.

Minutos depois, Aline finalmente consegue algum sinal e Júlio a atende.

— Line! Tu me ligou mesmo, ou deixou o celular desprotegido na bolsa outra vez?

— Eu... — Ela para, percebendo que não sabia o que dizer. — Só queria te ver. Tu vem me visitar quando?

— Eu ia na semana que vem, mas, se tu precisar, eu vou antes.

— Ah.

— Aline? Tá aí? Responde. Tu quer vir passar uns dias aqui em casa?

— Tu já sabe?

— Claro, mana. Sinto muito. Nem sei o que te falar, mas eu posso ir te pegar amanhã cedo.

— E se eu for hoje?

— Estou aqui. Tu é sempre bem-vinda.

Ela respira fundo.

— Eu chego mais para o final da tarde.

Jaca lhe oferece carona e, ao chegar em casa, Aline pega suas coisas para passar uns dias com o irmão. Seus pais trabalham fora e, mesmo com a casa confortável quando estão por perto, ela se sente um pouco vigiada, não acolhida. Júlio, por outro lado, mesmo que atrapalhado e bagunceiro, é um bom irmão. A dinâmica de piadinhas e competições é aquilo de que ela precisa no momento. Desde a notícia, todos a vinham tratando como se ela fosse uma boneca de porcelana, mas Aline sente que já está quebrada.

PROCESSOS

Enquanto Aline está na casa do irmão, Jaca observa o treino de surfistas de seu posto na lanchonete do pai. Ele olha para a mesa na qual Jess costumava se sentar e se lembra de que no outro dia ela lhe pediu para guardar sua mochila enquanto saía com Matheus. Um tubo de protetor solar acabou caindo e ficou na lanchonete. Ele pega o objeto e caminha até a praia, mas, antes de chegar na água, se apoia em uma árvore e deixa as lágrimas escorrerem livres. Deu apoio para quem precisava e agora precisa fazer isso por si mesmo.

Jaca se lembra dos poucos momentos que os dois dividiram sozinhos e pensa que, se a amiga estivesse por ali, ela lhe diria para secar as lágrimas, respirar fundo e seguir para o mar, porque, diferente de qualquer outra coisa, o mar cura tudo. Ele sorri com a lembrança e entende que está tudo bem, ela fez o que queria, conquistou seu sonho, e já estava na hora de ele fazer o mesmo. Um bom começo seria conhecer seus sonhos.

Observando o movimento constante e cíclico das ondas, ele entende o fluxo do tempo de um modo um pouco diferente. Se olhar em linha reta, sua vida tem um sentido com o qual ele não se identifica, mas em ciclos as coisas são diferentes, e ele se entende melhor assim.

Jaca se lembra de algo que Matheus havia comentado sobre os ciclos de tempo e tem vontade de entender mais, então segue para o hostel para conversar com o free surfer. Matheus parece mais fechado, obviamente não está tão alegre quanto antes, mas é atencioso com Jaca e lhe empresta o livro que Jéssica havia lhe devolvido logo antes do campeonato. O livro que lhe conectou inicialmente com a lógica do tempo natural pode levar a Jaca um pouco de conexões e informações, ou ao menos ser uma boa distração literária.

— Tu tem pressa para que eu te devolva?

— Fica tranquilo. Eu já li várias vezes. Gosto muito porque foi presente da minha tia e está esgotado. Mas pode demorar o tempo que precisar.

— Beleza. Valeu, brother. Vou começar hoje mesmo.

— Espero que goste — ele diz com sinceridade, mas sem ânimo. Jaca já se sente melhor ao olhar para a capa com desenhos místicos e ao se lembrar de que sua amiga havia lido aquele mesmo livro há poucos dias.

* * *

Sentado na cama da hospedagem, enquanto olha para a praia com os olhos pesados, Matheus tem sua memória puxada para alguns dias atrás.

Antes que consiga perceber, seus olhos se enchem de sal e tudo fica embaçado. Naquele dia ele nem entrou no mar. Ela transcendeu sozinha, não passariam para a próxima onda de tempo juntos, como ele havia planejado. Matheus quer ficar bravo com o tempo por ainda não entendê-lo o suficiente, quer ficar bravo com a garota por ser tão teimosa a ponto de cometer a estupidez que encerrou sua vida terrena, mas não consegue. Seca as lágrimas engolindo um soluço e se põe a folhear as páginas de um livro de surf interdimensional, em busca de uma manobra que o conecte com alguma resposta. Adormece com as páginas dobradas sobre o rosto suado, sonhando com a onda cósmica na qual Jéssica aparece.

— Tu é teimosa a ponto de ser estúpida, Jéssica! Na ventania da ressaca?

Mas ela o ignora e some onda adentro.

Ele acorda num susto, vê o sol nascendo e sai com a mesma roupa, sem levar nenhum pertence, para dar um mergulho. Se há algo que pode resolver o que lágrimas e suor não conseguem, é um longo mergulho. Matheus deixa as ondas baterem em seu rosto com força. Segura o ar imerso na maior piscina do mundo e então fica de pé, deixando apenas seus pés e pernas serem banhados pela água. O sol já começa a aquecer seu rosto, seus cabelos estão grudados à face, nuca e ombros. Os olhos pesam, assim como o restante do corpo.

Ele entende que não há nada a ser respondido... ela desafiou o que não devia, e ele ainda está ali. Não é um mestre do tempo, mas sim um jovem de 26 anos que surfa por vários cantos do continente americano, gostou de uma menina com quem tivera uma conexão e agora está com vontade de voltar para casa. Sempre achou que o oceano era a sua casa, mas naquele momento só quer voltar para o Rio de Janeiro e falar com sua tia, a única pessoa que ele sente que irá compreendê-lo.

MATHEUS E O MAR

Sentado na areia em postura de lótus, Matheus medita. Antes de saber que a meditação existia, ele já o fazia intuitivamente. O hábito chamou a atenção da mãe quando ele tinha cerca de oito anos de idade, e foi então que a tia, praticante de diferentes meditações, começou a compartilhar o que sabia, pouco a pouco, com o sobrinho querido. Fora justamente ela quem o havia presenteado alguns anos antes com uma cópia do livro que acabou de emprestar a Jaca. Ela nunca conseguiu entender a paixão que ele tinha pelas ondas do mar, mas juntos trocavam altas ideias sobre as ondas do tempo. Eram conversas que ele não conseguia ter com seus pais. E, sendo filho único, seus irmãos são os que ele conhece na estrada.

Tia Sônia teve dois filhos, e os primos gostavam de sair com ele, mas não partilhavam da conexão da mãe com o místico, com o espiritual. No ano em que Matheus resolveu largar o estágio para ser voluntário na Indonésia, seu primo mais novo entrou como trainee numa empresa multinacional, onde ainda trabalha. A prima, um ano mais velha, entregou a tese de mestrado no mesmo dia em que Matheus pegou um ônibus com passagem só de ida, de prancha na mão e mochila nas costas, para o sul do país. Os primos não conversavam com ele havia meses, nem mesmo virtualmente.

Sentado na beira da praia, ele respira com o vento e parece que o tempo não existe. Ele tem oito, tem dezoito, tem vinte e seis e tem mais de cinquenta anos, tudo no mesmo instante. O ar flui em espirais, nas quais vive cada grãozinho de areia.

Matheus chama por seu eu superior, mas não ouve resposta. Ele quer viajar no tempo e ter controle disso. Só precisa das ondas. Mas, quando abre os olhos, eles estão molhados.

Matheus mergulha no mar e deixa o sal todo ali. A surfista perigosa soube viajar pelas ondas do tempo com mais facilidade do que ele, que tinha acertado uma espécie de premonição ao presenteá-la com a concha cuja forma unia os mundos material e espiritual, coisa que sua tia só lhe contou dias depois que Jéssica já não tinha mais presença na matéria. Ela era uma paixão de verão, uma pessoa difícil de acessar, de presença assustadora no mar e intimidante na terra. Tinha acessado uma manobra ainda inédita e que poucos teriam coragem de reproduzir, mesmo em outros cenários, e ia fazer falta, mais do que ele consegue admitir. De todas as pessoas que tinha conhecido em dois meses de estrada e mais de sete anos no mar, ela era, sem dúvida, a mais impressionante.

As ondas batem em seu rosto, seu corpo sente a leveza de estar no mar, e Matheus se lembra de que sua sensação particular de liberdade está na água, no ritmo suave, na mente livre para respirar com o vento. Foi assim que ele cresceu, assim que se fez e assim que vai se refazer.

Ele havia combinado consigo mesmo que voltaria para o Rio quando algo marcante acontecesse e obtivesse algum tipo de resposta. Imaginou que seria uma conversa consciente com seu guia espiritual, uma viagem interdimensional que ele reconheceria como uma cena de um filme no qual seria o protagonista. Jamais pensou que respirar com as ondas seria o suficiente.

Ali ele é tudo, ali está o tempo em essência. Seus pés na terra em forma de areia molhada lhe ancoram na matéria, trazendo uma consciência do agora, da presença que nem sempre consegue dominar, principalmente quando algo parece errado, quando está onde não quer, e ainda mais quando algo dói e ele não pode resolver. Mas, ao mesmo tempo em que seus pés estão na terra, Matheus sente a força do céu sobre sua cabeça. A energia do sol e de qualquer campo superior adentram seu ser; ele não pode ver, mas pode sentir, está vivo e ainda tem forças para realizar muita coisa. Até o indivíduo mais cético pode reconhecer o magnetismo das ondas, e isso Matheus não é. Havia dividido seu segredo de viajar no tempo por meio das ondas do mar com a menina tempestade. Mas, extrema como só ela sabia ser, Jéssica foi mais fundo, mais longe, primeiro e sozinha. E tudo bem. Ainda não é a hora de eles se encontrarem e ela compartilhar com ele sua experiência. Mas algo lhe diz que está tudo bem, que ele encontrará o que precisa, que já tinha encontrado, que o surf não é seu destino, mas apenas um veículo, que sua viagem no tempo acontecerá quando tiver que acontecer, que seus colegas ficarão bem, com ou sem suas pranchas, e que naquele instante Yaíba surfava em outros oceanos.

Depois de uma longa respiração, Matheus decide buscar sua companheira de todos os mares e seguir em direção à água. Ele rema em direção a uma onda pequena, mas aos poucos ela vai se transformando em um tubo e ele se vê no meio da água, surfando sem esforço, relembrando todos os cenários pelos quais já havia passado. Ali, ele se sente menino e senhor ao mesmo tempo, sente a presença de todos os que já haviam surfado aquele tubo, respira com Jéssica fora do tempo e espaço, com o rosto dela sumindo e a água cobrindo seus cabelos ondulados. Matheus cai da prancha e cospe o sal que entrou em sua boca, aperta os olhos e entende que é o momento de partir. Só precisa fazer uma última coisa antes.

* * *

Matheus caminha até a lanchonete do pai do Jaca com sua prancha e com outra alugada, e então convida o novo amigo para um passeio pela praia, propondo-lhe ensinar movimentos básicos. E em dois dias o maior jaca da região não apenas fica em pé, mas pega sua primeira onda.

No dia seguinte, Matheus convida Aline para um evento de surf. Quando ela chega à praia, vê Jaca na água e assiste ao amigo pegando uma onda na parte mais rasa. Ela sorri pela primeira vez em alguns dias. Seu amigo sai da água e caminha em sua direção. Ela corre e o abraça.

— Se tu continuar praticando assim, logo vai poder buscar um novo apelido.

Jaca agradece ao free surfer. Está um passo mais próximo de acompanhar sua amiga nos passeios. Inspirado após suas primeiras ondas e fluindo no ritmo do mar, Jaca começa a desenvolver receitas na cozinha de sua casa e se anima com os experimentos.

Cria coragem para levar um deles para a lanchonete, e o resultado é positivo: aprovado pelo pai, pelos clientes e por seus amigos. De repente é tudo questão de equilíbrio.

RESPIRAR

Inala um, dois, três, quatro. Pausa. Um, dois, três, quatro. E um e dois e três e quatro. Segura o ar, arruma a postura e exala.

Jéssica está realizando a sequência com facilidade e olha para Matheus como quem diz "é só isso?", mas não se atreve: ele está concentrado, seu olhar focado nos grãos de areia fina e clara. Sua respiração é profunda, meditativa, não atlética e meticulosa, como a de Jéssica. Depois de algumas sequências, com o vento soprando por seus cabelos, Matheus fecha os olhos e respira profundamente. A poucos centímetros de distância, Jéssica apenas o observa. Ela se sentiria estranha se fechasse os olhos, prefere olhar o movimento das ondas e ver os poucos pássaros que voam ao redor da praia. Se não fosse da água, iria querer voar como eles.

Matheus solta o ar de maneira audível e abre os olhos lentamente, sorri para si mesmo e se levanta. De pé, olha para Jéssica e estende a mão para ajudá-la a se levantar. Ele olha nos olhos dela.

— Você não meditou, né?

— Eu não sou muito boa nisso.

— Tenho certeza de que é. — Ele ri. — Para ter a conexão que você tem com as ondas, não tem como não ser. Sem falar no preparo respiratório.

— É diferente.

— Você não medita quando espera subir de volta, ou quando treina segurar o ar?

— Aí seria perigoso, né, Matheus? Eu fico tipo em uma meditação, mas bem alerta ao mesmo tempo.

— Eu pratico algo parecido. É um estado mental que se chama mindfulness, que fico em atenção plena.

— Tu e esses nomes de milhares de referências. Vamos pra água agora?

Ele concorda e eles apostam corrida até o mar.

* * *

Na ponta da praia, Aline repete os movimentos respiratórios que Matheus demonstra. No começo, ela está um pouco agitada, fica com a postura tensa. Mas pouco a pouco vai deixando os pensamentos e preocupações de lado e focando mais na respiração. Logo os dois estão no mesmo fluxo, que é como as ondas do mar. Aline se entrega para o movimento de sua respiração e deixa seu olhar se voltar para dentro, sem perceber que suas pálpebras se fecharam.

O ritmo de sua respiração com uma pessoa ao seu lado, com uma surfista ao seu lado, não deixa Matheus se esquecer, nem por um instante, da outra garota que esteve ali com ele, duas semanas antes. Desta vez é ele quem abre os olhos antes do fim do ciclo e observa que a sequência ajudou Aline a se concentrar e relaxar. Pelo menos alguém se beneficiou. Ela abre os olhos com uma expressão tranquila, nota que Jaca está dormindo ao seu lado, depois repara em Matheus, que está olhando o mar, mas mantém uma expressão triste.

— Quando eu respiro assim, parece que eu tô em outro lugar — ela diz.

— Tipo outra dimensão?

— Tipo isso. Eu me sinto mais conectada e também perto da Jess de alguma forma, mas, acima de tudo, me sinto mais próxima de mim mesma, sabe?

— Sei. — Ele finalmente sorri. — Acho que têm algumas coisas que não dá pra colocar em palavras.

Ela concorda com a cabeça e em seguida se levanta, limpando a areia de seu corpo.

— Eu decidi. — Ela suspira animada. — Eu vou pro Havaí!

— Acho que você já tinha decidido, só estava insegura.

— É provável. E tu me ajudou a assumir isso. Obrigada, Matheus.

— Que bom. Se tiver qualquer questão que um mochileiro possa responder, é só chamar.

Ela sorri e assente com a cabeça.

— E quando você vai? — ele pergunta.

— O programa lá começa em três semanas, acho que chegar antes está fora de questão, pois já ficou super apertado pra resolver tudo.

— Vai dar certo. Logo mais eu tô voltando pro Rio também.

— É? — Ela faz que vai falar algo e muda de ideia.

— Eu não costumo ficar mais de duas semanas em um local, aqui já foram quase seis. Está na hora de novos ares e novas ondas, do mar e de tempo.

— Aloha. Quem sabe a gente se encontra em uma onda por aí.

— Contanto que tu não esteja rabeirando...

Os dois riem. É a primeira vez em uma semana que Aline está rindo. Ela lhe dá um soco de brincadeira. Ele se afasta um pouco e diz:

— Vê se não se esquece de mim quando seu nome estiver em todas as mídias como referência.

Eles observam Jaca se levantando, cobrindo os olhos com as mãos.

— Então é isso, tu já vai partir. Os dois vão, né?

Aline se agacha ao lado do amigo e o empurra novamente na areia.

— Tu vem me visitar no Havaí. A gente pega onda juntos.

— Um ano, Line.

— Dez meses, André. Pouco, mas o suficiente pra tu ajeitar tuas coisas também, ou quer continuar na lanchonete pra sempre?

Jaca balança a cabeça, Matheus caminha para mais perto deles.

— Tu pode vir até o Rio comigo por um tempo... eu fico com uns brothers, alugamos um quarto de forma colaborativa. Quem sabe tu cozinha em troca da estadia.

Não está nos planos de Jaca sair dali, mas de fato ele não havia planejado nada para os próximos meses que não seja a rotina diária, e, depois dos últimos acontecimentos, conhecer novos lugares não parece uma ideia ruim.

OUTRAS ONDAS

— Às vezes eu vejo uma mana corajosa surfando uma ondona e penso que foi tudo mentira e que a Jess vai sair dali. Eu vejo meninas de cabelos ondulados caminhando de costas e tenho a impressão de que voltei no tempo, mas aí a menina se vira de lado e vejo que é uma havaiana, uma australiana, qualquer outra pessoa que não a minha amiga. — Aline para por um instante para respirar. — É uma sensação difícil porque parece que não aconteceu realmente. A Jess e eu... a gente não era amiga de infância, ela era quase três anos mais velha, e a gente se conheceu depois do colégio. Nem foi tanto tempo, ela morava longe, era superfechada... mas foi uma peça essencial no meu caminho, no surf e na vida. E fica meio difícil me imaginar fazendo isso sem ela estar de alguma forma por aqui.

Sentada em uma cadeira de praia, entre um gole e outro de seu suco de abacaxi (que nem se compara ao que ela costumava tomar na lanchonete de seu melhor amigo), Aline responde às questões da repórter. Ela poderia se sentir intimidada pela entrevista, por estar treinando no exterior como vice-campeã mundial, poderia se sentir especial e até excessivamente orgulhosa, mas, no fundo, tudo isso acaba ativando algumas coisas que ela ainda não havia curado. E assim que as perguntas terminam e ela tira uma última foto, de costas para o mar paradisíaco do Havaí, Aline se senta sozinha na grama e respira fundo, permitindo-se sentir em integridade que Jéssica não está lá. Sua grande amiga surfou a onda dos sonhos dela, a coisa mais incrível, mas Aline não viu. Não foi junto. Certamente teria dito para Jéssica não ir e obviamente não gostaria de ter presenciado o acidente. Seu telefone vibra na bolsa que ela largou sobre a areia sem nem se dar conta. Ela lê o nome de seu irmão e aperta o botão verde.

— Eu queria que ela soubesse que eu a apoiava nas ondas gigantes, que eu sempre torci por ela, eu queria que ela me visse curtindo junto...

— Eu só ia perguntar como foi a entrevista. Pelo visto, não foi legal.

Aline percebe que falou seu pensamento em voz alta e recupera o ar para falar novamente.

— Foi mal, Júlio. É que as perguntas e essas ondas grandes, o campeonato, acabou que fui transportada... Enfim. Ganhei minha bateria e peguei o segundo lugar geral no campeonato, mas eu sou menos surfista que ela, e ela nunca vai ter o reconhecimento que mereceu, nem as oportunidades que eu tenho. Parece justo pra você?

— Sim!

Aline fica confusa.

— Tu ouviu o que eu disse?

— Ouvi, Line. Tu disse um monte de mentiras sobre não ser digna, sendo que tá aí por trabalho seu. Ela fez uma escolha, e escolhas têm consequências. A gente pode não gostar, mas de certa forma é assim, não sei se a palavra certa é "justo". Pelo menos é isso que eu penso. Agora, não vai ser justo, depois de tudo isso, tu não aproveitar a oportunidade que recebeu e não honrar todo mundo que fez parte do teu processo.

— Tem razão. Obrigada por sempre aparecer nas horas que eu mais preciso, mesmo que seja por ligação. Eu preciso ir pro treino funcional agora.

Aline segue para seu treino com um time pequeno, técnico e competitivo. A professora é bem exigente e muito do foco está entre ela e a grande campeã australiana. Ela se lembra do esforço contínuo e do foco de Jéssica e começa a aplicar isso em seus treinos.

Ao longo das semanas, ela entende que não surfa pelo time. Pode até aprender a ter mais espírito de equipe, mas não surfa para representar nada nem ninguém. Aline não pega onda para ganhar medalha e aparecer na revista. Entende que não liga mais de ser ou não melhor que qualquer pessoa.

No tempo livre ela acompanha, por fotos e videochamadas, o desenvolvimento dos trabalhos de Jaca, que se inscreveu em dois cursos de gastronomia enquanto estagia na cozinha de seu pai, e nas folgas produz em sua casa. A fotógrafa de suas criações é Iara. Isso deixa Aline com um pouco de ciúmes, mas no fundo ela está feliz por ver seu melhor amigo se desenvolvendo, e a surfista café com leite, mas de coração doce, encontrando sua possível vocação. Aline também quer sentir aquilo.

Depois de semanas tentando encontrar Jéssica em uma onda, ela finalmente entende que o que estava buscando era encontrar consigo mesma.

No final do primeiro ciclo do treinamento, ela evita as entrevistas e resolve postar uma foto sua com um texto autoral:

"O lugar que eu sempre busquei quando ia me encontrar comigo era o mar, de modo instintivo, desde criança. Sempre me senti mais confortável nas ondas do que em casa, na linda casa que gerava inveja em gente que não gostaria de mim mesmo que eu nunca roubasse onda. Me sentia mais filha do sal dissolvido do que das brigas e compromissos que sempre acompanhei antes de virar surfista profissional. Sempre me senti mais livre sobre a prancha do que com os pés no chão. Nunca senti falta de ir em restaurantes, aulas teóricas, encontros e outros passeios quando tinha treino, mas sempre senti falta do mar quando estava em outros cantos. Hoje sinto falta dos meus amigos, dos que deixei no Brasil e dos que perdi para as ondas gigantes. Sei o quanto sou privilegiada por poder viver tudo isso e ter conhecido tanta gente incrível no caminho. Sinto falta do passado, às vezes ainda me pego apreensiva com o futuro, mas no fundo eu vou vivendo uma onda de cada vez, assim como uma sucessão de agoras, uma atrás da outra."

EPÍLOGO

Já é outubro, e dia de mais um giro solar para Matheus. No dia de seu aniversário de 45 anos, ele entra no salão organizado por seus primos, tia e mãe, onde toca uma canção de forró, uma que ele reconhece de seus vinte e tantos anos e que o faz se sentir ainda mais tiozão do que os sobrinhos, filhos de seus primos, já pensam que ele é. Ao menos eles o consideram um tio legal, pois ele pega onda, tem jeito de atleta e aparenta ser uns cinco anos mais novo, o que para os meninos, com seus 12 e 14 anos, não muda muita coisa.

A namorada dele ainda não chegou, vem direto de uma reunião no interior e só vai chegar mais tarde. Os dois se dão bem, mas as energias são diferentes.

Enquanto Matheus come um salgadinho de cogumelos e dá um gole na água de coco com abacaxi, sua prima olha para ele.

— Sempre saudável. Você sabe o trabalho que deu pensar em bebidas alternativas pra você?

— Obrigado, Celina — ele sorri e dá mais um gole no suco.

Ela saca um celular bem fininho e transparente do bolso.

— Vi isso hoje. É sua amiga, não é?

Ela lhe mostra uma espécie de holograma com a foto de Aline, uma mulher de cabelo curto e escuro, anunciando a abertura de uma escola para garotas chamada Yaíba.

Matheus lê a matéria e sua expressão congela por alguns instantes. A música toca marcando o som da zabumba. Sua mente viaja. Ele está de volta à praia. Seus pés na areia já não sentem o calor do pôr do sol e sua mão toca os dedos da surfista mais teimosa que já conheceu. Ela aceita dançar com ele. Matheus acaba se atrapalhando, pois Jess não é uma pessoa fácil de conduzir, mas ela logo faz um comentário bem-humorado e Matheus relaxa, recobrando sua confiança. Ela facilita com passos pequenos e o corpo bem próximo ao dele. O perfume dela lembra alguma fruta que ele não consegue identificar, são seus cabelos ondulados como o movimento do mar que exalam o aroma, e ele logo se esquece dos passos e apenas dança abraçado a ela.

O aroma do xampu de Jéssica invade o salão, e Celina cutuca o ombro de Matheus.

— Se perdeu no tempo, foi?

— Acho que sim.

Ele estende o braço convidando-a para dançar. Ela topa.

— Tu conheceu a moça, né? A homenageada.

— Sim — ele responde sério e com a garganta mais seca do que esperaria, quase vinte anos depois. A relação deles tinha sido como uma onda gigante, intensa, cheia de adrenalina, mais duradoura do que um drop convencional e que termina no mar. Ele, de alguma forma, sabia disso desde que a conheceu, mas, assim como as ondas marcantes, ela nunca tinha realmente se distanciado dele, e, no fim das contas, Matheus desde sempre havia sido um viajante do tempo. Só não era de forma consciente.

A dança termina com o fim da melodia, Matheus abraça Celina e ela o cumprimenta de novo pelo aniversário. Logo os acompanhantes chegam, a festa corre como uma piscada no tempo, e na manhã seguinte Matheus segue para sua rotina de domingo: acompanha o nascer do sol atrás do mar e vai pegar as primeiras ondas do dia.

Naquela manhã, ele sai do mar com 25 anos e pisa na areia deixando pegadas confiantes de quem tomou uma decisão: seguir viagem com sua prancha pelo Brasil.

Milhares de quilômetros ao sul daquela praia carioca duas jovens surfistas brasileiras celebram as primeiras boas ondas da temporada na companhia de um amigo que não pega onda, mas registra cada momento.

BÔNUS
PARA OS APRECIADORES E CURIOSOS DO TEMPO NATURAL[2]

Matheus explica para seus sobrinhos o ciclo de uma onda encantada. É um período de treze dias contendo uma unidade de tempo que tem uma energia principal e, a cada pulso (dia), vai passando por uma forma diferente de trabalhá-la: o desafio, a forma de realizar, a intenção, até que se chega à transcendência, e um novo ciclo se inicia.

As crianças se encantam com a narrativa, achando algo mágico, porque, por mais que seja real e matemático, é pura magia. Quase não parece real, mas é. Assim como o relacionamento entre Matheus e Jess, ou a Yaíba e o Haole Free Surfer. Durou basicamente uma onda encantada.

Eles se conheceram um pouco antes de um ciclo começar, na onda do dragão, que iniciava um ciclo novo de ondas[3]. Conheceram-se não por acaso em um dia de desafio, no vento branco da comunicação, mas naquela comunicação que vem do espírito. Ficaram alguns dias entre se ver, não se falar, agir quase como desconhecidos, até que no primeiro dia da onda do mago, que marca a presença com o poder da atemporalidade, eles ficaram juntos, viveram o ciclo entre desafios e conexões e, no dia da

---

2. Informações referentes à Lei do Tempo, metodologia de José Arguelles.
3. As ondas encantadas são um fractal do tempo, estão dentro de castelos de cinco cores, e em paralelo existem outros ciclos de tempo, tais como as luas de 28 dias que representam os ciclos lunares ao longo de um ano.

conexão entre os dois mundos, ela transcendeu para além do portal cósmico e ele permaneceu, tentando entender mais das multidimensões do ser.

Entre o dia da transcendência e o início de uma onda de transformação por meio da cura, da realização e do conhecimento, Aline venceu a prova e pegou o segundo lugar no campeonato em sua categoria. Entendeu definitivamente, para além das células de seu corpo, o poder de cura da água do mar e decidiu seguir para outros mares por um giro solar[4] quase que inteiro, e partiu na energia da serpente, o fim do ciclo do sol magnético, para um ciclo enlaçador de mundos, momento de desapegar do que não mais pertence a ela.

Nesse dia Jaca também se desapegou. Ele teve que, compulsoriamente, despedir-se de mais uma amiga. Desta vez não era pela vida toda, mas ele não queria que ela fosse apenas sua amiga. Então, em vez de aproveitar a energia e se despedir de mais um amigo, ele resolveu seguir com Matheus para terras cariocas, e ali ficou pelo período de uma lua completa, 28 dias com início, refinamento das ideias e sentimentos, transformação — na semana em que ele conseguiu finalmente pegar um tubo e registrar o feito — e, então, amadurecimento. Mesmo sendo bom para se relacionar com as pessoas, ele gostava mesmo era de trabalhar na cozinha, criando novas receitas, testando sabores e encantando as pessoas com sua comida. Iniciou uma parceria com Iara como fotógrafa.

A parceria já estava durando cinco luas, ciclos na contagem de tempo da natureza que marcam períodos lunares de 28 dias e são, ao longo de um ano, uma grande onda encantada. Na sexta lua, período que dá o ritmo, organiza, equilibra e traz igualdade, Iara passou nas provas e se formou.

E, no meio da correria das encomendas de final de ano, Jaca recebe uma visita surpresa. Matheus aparece na cozinha de ca-

---

4. Período equivalente a um ano.

belo raspado e uma tatuagem visível por sua regata no ombro esquerdo, o símbolo de Hunab Ku[5], a borboleta galáctica, fonte central da energia do tempo. Jaca se vira para o amigo, eles se cumprimentam com um high five mais baixo, e Jaca comenta:

— Achei que tu chegava amanhã, brother.

— Amanhã já é hoje, meu caro.

E Matheus tem razão, o amanhã é realmente um dia que não chega, pois, quando não está em uma projeção iludida de futuro, já pulsa no presente. Jaca costumava achar que isso era tão inevitável quanto o tempo, mas com Matheus aprendeu a entender que o tempo é cíclico e pode ser navegado, mesmo que ele ainda não soubesse exatamente como.

— Isso quer dizer que logo menos...

— Aline chega no aeroporto — Matheus ri. — Relaxa, cara, é só mais tarde... continua com as encomendas, eu te ajudo.

Enquanto eles seguem na cozinha, Aline adormece na cadeira da classe econômica do avião lotado. Sobrevoando o continente americano, ela entende finalmente o que seus amigos insistem em falar sobre os ciclos de tempo e energia e começa a surfar em um processo diferente de tudo que aprendeu até então. Ela conhece o Zuvuya, se conecta com outra dimensão, sente-se em muitos mares simultaneamente. Ela tenta perguntar algo, ver além das dimensões, mas não consegue, ainda racionaliza demais, e isso a puxa de volta ao sono no avião. Mas, antes de retornar para o café da manhã pressurizado, ela vê Jéssica surfando as dimensões e, por um instante, parece que elas trocam olhares. Mas Aline abre os olhos notando seu vizinho de poltrona tentando ajustar a TV e, mesmo entendendo sensorialmente que aquilo não foi apenas um sonho, sua mente ainda apresenta dúvidas sobre a viagem cósmica.

Aline já tinha surfado ondas demais, mares diversos e vivido processos intensos com sua pouca idade. Sabe que tinha acabado

---

5. Hunab Ku, representada pela borboleta galáctica, é um símbolo maia que representa a totalidade, a consciência planetária.

de acessar algo importante, mas, ao contrário das ondas do mar, que ela entende, aquilo era completamente novo. Ela se lembra do livro emprestado por Matheus antes de ela partir para o Havaí e, assim que chega no aeroporto, manda mensagem para seus amigos.

— Bora pegar onda? Acabei de surfar no Zuvuya!

Matheus olha para Jaca quando recebem a mesma mensagem, os dois largam tudo e correm para a praia.

Em outra dimensão da Terra, Jéssica surfa a onda gigante com domínio e presença. Está compenetrada, pulsando ali por horas e, mesmo assim, sincronicamente com a natureza daquele movimento do oceano. A onda quebra em seus metros de essência e Jéssica se mescla com ela, vai ao fundo, vira quase uma só com água; flui ali, no mesmo movimento da onda até a praia. Em um respiro intenso, ela volta para dentro de uma onda gigante, da mesma onda grande que surfou naquela manhã do campeonato. Em equilíbrio sobre sua prancha parceira, ela acompanha as formas daquele movimento de água e mergulha continuamente em uma sequência de ondas gigantes que não acontece nesta dimensão da Terra.

Em um programa conhecido como anônimos do livre-arbítrio, ela repete esses movimentos diariamente, sentindo as consequências de suas ações na Terra, enquanto sintoniza diferentes emoções e dimensões.

Em algumas idas ela consegue mudar sua saída, em alguns instantes ela consegue uma breve conexão com alguém que surfava com ela; ambos brevemente percebem, mas não possuem energia ainda para sustentar o campo.

Ela passa longos períodos em aprendizado disciplinado. Mas agora os treinos não são de corrida, flexões e afins. Seu corpo com forma humana é menos denso e não material. Ela ainda treina força, equilíbrio e flexibilidade. Força para sustentar o que é necessário, não somente o que se quer; equilíbrio entre emoções, pensamentos, sentimentos e toda a energia que flui por seu campo;

e flexibilidade para aceitar que nem tudo sai conforme planejamos com nosso ego. Não é tão simples quanto correr pela areia, ou respirar em mergulhos no mar, mas ela tem a alma persistente.

Tudo parece um misto de vida etérea na matéria, como um longo sonho interdimensional, daquele tipo confuso, que é um pouco lúcido, mas ainda assim fora de controle, que se mescla com uma realidade até mais real do que sentir o vento no rosto e a água nos pés.

Ela sente seus campos energéticos sendo trabalhados e acompanha os ciclos, no sítio de seus pais, na praia surfando e na onda gigante.

Em uma de suas passagens por uma onda da praia em que treinava, Aline, já professora de surfistas adolescentes, surfa, em um dia ensolarado na costa da ilha, a mesma onda em que Jéssica aprende seus limites, e elas se percebem de uma maneira intuitiva. Quase como se pudesse ver Jéssica ali ao lado, Aline se remove e deixa a onda para sua amiga, que no centro da onda olha para o lado, reconhecendo sua parceira de dimensões.

Elas podem estar em dimensões diferentes, mas seguem na mesma onda. O tempo não separa nem afasta, apenas segue seus ciclos. E nós temos a opção de estar em harmonia com isso.

Este livro foi composto em Janson Text LT Std 10 pt e
impresso pela gráfica Meta em papel Offset 75 g/m².